다시, 지역출판이다

다시, 지역출판이다

초판 발행 ǀ 2022년 7월 1일
3쇄 발행 ǀ 2024년 12월 5일

지은이 ǀ 신중현
펴낸이 ǀ 신중현
펴낸곳 ǀ 도서출판학이사

출판등록 : 제25100-2005-28호
주소 : 대구광역시 달서구 문화회관11안길 22-1(장동)
전화 : (053) 554~3431, 3432
팩스 : (053) 554~3433
홈페이지 : http:// www.학이사.kr
전자우편 : hes3431@naver.com

ISBN _ 979-11-5854-368-6 03810

다시,
지역출판이다

지역출판 35년의 분투기

35

신중현 지음

學而思 학이사

나는 대구의 출판인이다

학이사는 대구에 있다. 흔히 말하는 지역출판사다. 식구 다섯 명의 작은 출판사이지만, 늘 지역에서 '책으로 즐겁게 어울려 놀기'를 꿈꾼다. 작가와 독자, 책방과 함께 책을 통해 즐겁게 지낸다. 같은 지역에 살면서, 서로 다독여주는 이웃과 어울리며 그들의 삶과 생각을 즐겁고 기쁘게 엮는다. 그래서 '대구에 산다, 대구를 읽다'라는 말을 출판정신으로 삼는다.

2024년은 학이사의 전신 이상사가 대구에서 출판을 시작한 지 70년이 되는 해이다. 1954년 1월 4일, 대구에서 출판 등록을 하고 지역출판을 본격적으로 시작한 날이다. 6.25 전쟁으로 피란을 왔다가 다시 서울로 돌아가지 않고 대구에 뿌리를 내렸다. 나도 그 역사의 반 이상을 함께했다. 1987년부터 지금까지, 오직 지역에서 책과 함께 살았다.

지역에서 출판을 한다는 것

지역출판의 역할은 지역 사람과 그들이 빚어낸 문화를 기록으로 남겨 다중에게 알리는 데 있다. 사라지는 지역의 콘텐츠를 후손에게 전해주는 일, 그 중요한 일을 하는 곳이 지역출판사다. 그래서 "지역에 좋은 출판사가 하나 있는 것은 좋은 대학이나 언론사가 있는 것과 같다"고 하지 않던가. 그 역할을 할 수 있는 곳이 지역출판사이고, 그 결과물이 지역출판물이다. 하지만 지역에서 출판을 하는 데에는 어느 하나 쉬운 일이 없다. 당장 경험 있는 인력을 구하는 일부터 신입직원의 교육, 물류와 유통 등 모든 것이 수월치 않다. 아쉽지만 어쩔 수 없다. 모든 일이 경제적 수치와 통계로만 표시되는 세태에서 지역 출판사가 그 지역 경제에 미치는 영향을 생각하면 아주 미미하다고 판단할 수 있기 때문이다.

하지만 절대 간과할 수 없는 것은 비록 눈에는 보이지 않지만 지역출판사가 지역에 미치는 지대한 영향이다. 지역출판인들의 역할은 단순히 책을 엮어내는 것 이상이다. 그들은 그 지역의 진정한 삶을 발굴하고 기록한다. 그것은 문학이 되고 철학이 되고 역사가 된다. 지역의 삶을 기록한다고, 지역 출판사의 출판물이라고 하향적 시각이 없는 것은 아니지만, 꿋꿋하게 자신의 길을 간다. 2020년, 대구가 코로나19로 봄이 송두리째 빼앗긴 시절에도 그랬다. 당시에는 다시 봄을 맞을 수 없을지도 모른다는 두려움으로 가득했다. 언론에서는 조금이라도 더 참담함을 자극적으로 보도하기 위해 경쟁하는 듯했고, 다른 지역 사람들조차 대구와 대구 사람과 거리를 두었다. 심지어 서울의 대형 병원에서는 대구에서 오는 응급 환자까지 거부하던 시절이었다.

그때 우리는 고민했다. 이 어둡고 암울한 시기에 지역출판사가 지역을 위해 할 수 있는 일이 과연 무엇인지를 생각했다. 그 결과가 힘든 시기를 보내고 있는 대구를 기록으로 남기자는 것이었다. 모두가 불안에 떨던 시기에 희망의 등불이 필요했다. 어려운 시기에 나만 힘든 것이 아니라 모두가 잘 버티고 있다는 희망을 빨리 건네주고 싶었다. 그래서 다양한 분야에 종사하는 시민들의 상황을 알아보고, 목숨을 걸고 환자를 이송하고 치료하던 의료진의 다급함을 기록하기로 했다. 서둘러 직업이 다른 시민 50명을 선정해 원고를 청탁했다. 마음이 급해 카카오톡으로 취지와 청탁서를 보냈다. 반응은 의외로 뜨거웠다. 생업을 할 수 없어 답답하던 차에 글로 마음을 풀어내니 속이 시원하다며 오히려 출판사를 위로했다.

기획부터 출간까지 한 달이 채 걸리지 않았다. 의료진의 기록도 마찬가지다. 생사가 달린 전쟁터에서 시간을 보내고 있는 의료진에게 현장에서 보고 느낀 점을 글로 적어달라고 하는 것이 과연 적절한지에 대해 고민하다가 결국 기획했던 대로 부탁했다. 우려와는 달리 그들은 그 힘든 시간을 보내면서도 흔쾌히 수락했다. 코로나19 현장에서 일하던 의사와 간호사, 구급대원 등 35명 의료진의 생생한 현장의 느낌을 사진과 함께 원고로 전해주었다. 그래서 뉴스에서 볼 수 없었던 또 다른 사투 현장을 책으로 엮어 시민들에게 알릴 수 있었다. 이렇게 탄생한 것이 코로나19 대구시민의 기록 『그때에도 희망을 가졌네』와 당시 대구 코로나 현장에서 헌신한 의료진 35명의 목소리를 기록한 『그곳에 희망을 심었네』다. 우리나라에서 처음으로 코로나를 기록한 책으로 언론에서 크게 소개됐다.

혼란한 상황에서 코로나19에 대한 대구의 기록물은 이렇게 출간됐다. 책이 출간되자 참여 필자와 독자의 반응이 뜨거웠다. 중앙 언론은 물론 똑같은 어려움을 겪던 일본에서도 큰 관심을 가졌다. 책의 힘을 느낄 수 있는 순간이었다. 사람의 이동마저 쉽지 않던 시절에, 모두가 우리 대구를 피하던 시절에, 지역의 재난을 기록으로 남겼다. 이런 일을 지역 출판사가 아니면 누가 할 수 있겠는가. 이렇게 우리는 우리가 해야 할 일을 찾고 길을 만든다. 지역출판사의 역할을 찾고, 지역민에게 보답할 수 있는 일을 찾아 함께 가려고 노력한다.

책을 매개로 어울리는 일

먼저 시민을 대상으로 '학이사독서아카데미'를 개설해 제대로 읽기를 공부하며, 매달 독서동아리 '책으로 노는 사람들'과 만나 동서양 고전을 함께 읽는다. 내가 사는 지역에서 책으로 함께 행복해지기를 바라기 때문이다. 책의 날에는 시민과 함께 책과 장미를 들고 만나는 '대구, 책으로 마음 잇기' 행사를 열고, 문학작품 배경지 기행을 하고, 독서 분위기 조성을 위해 '완행열차 타고 책 읽기' 캠페인을 한다. 이렇게 지역민과 어울려 책과 함께 즐겁게 놀 수 있는 것은 학이사가 지역에 기반을 두고 있기 때문에 가능한 일이다.

또 같은 처지에 있는 전국 지역출판사를 응원하는 일도 한다. 어느 병원의 도움을 받아 '사랑모아독서대상-서평대회'를 연다. 병원의 이름을 딴 이 독서대회에서는 전국의 지역출판사 책만을 대상 도서로 시행한다. 이 독서행사에서 특별한 것은 '기업 독서상'이다. 대구시내 기업 열다섯 곳이 자기네 기업 이름을 걸고 지역출판물을 읽는 사람에게 상금을 준다. 시상식에는 기업 대표가 직접 시상을 하게 해서 기업의 독서 문화에 관심을 갖게 한다.

서평교실 '학이사독서아카데미'는 모두가 책 읽기를 통해 행복하자며 시작한 일이다. 글쓰기 수업이 아니다. 모두가 생산자만 공급하는 시대에 우리는 훌륭한 소비자를 양성하기로 했다. 책을 제대로 읽기 위한 공부를 하자며 모였다. 그 방법으로 선택한 것이 서평 쓰기다. 가입 조건도 없다. 무조건 선착순 열다섯 명이다. 대학생부터 80대 어르신까지 다양한 연령대가 모여 3개월을 공부한다. 현재까지 10기를 배출했다. 과정을 수료하면 자연스럽게 공동 서평집을 엮을 수 있는 수준이 된다. 강사는 각 과정을 잘 이해하고 있는 선배가 맡는다. 과정을 마친 수강생은 독서동아리 '책으로 노는 사람들' 회원으로 활동한다. 매월 한 차례 만나 동서양 고전을 번갈아 읽고 토론한다. 전대미문의 코로나19 시절에도 거르지 않았다. 처음에는 각자의 위치에서 카카오톡으로, 이후 줌이 보편화되면서 줌 토론회로 이어갔다. 난세를 이기는 데는 독서뿐이라는 믿음으로, 그렇게라도 단절되지 않으려고 노력했다.

'학이사독서아카데미' 설립 목적 중 하나는 지역에서 펼치는 독서운동이다. 지역을 위한 길이자, 궁극적으로 출판사를 위한 일이다. 지역의 대표 일간지 〈매일신문〉이 도와주겠다고 나섰다. 회원들이 읽은 책을 서평으로 소개하는 '내가 읽은 책'이란 코너를 매주 연재할 수 있도록 지면을 내어주었다. 2017년 5월부터 2023년 12월까지 335회, 7년에 걸쳐 시민들에게 회원이 읽은 책 335권을 소개했다. 이런 독서운동 중에서 특히 관심을 가지는 것은 '학이사 금요북토크'이다. 누구에게나 개방된 행사로, 독자를 불러내는 것이 아니라 독자가 있는 곳이면 어디든 작가를 모시고 찾아간다. 처음 시작한 2022년에는 '골목에 찾아온 저자' 라는 이름으로 10회를, 2023년에는 '찾아가는 동네책방' 이라는 이름으로 동네책방을 찾아 10회를 진행했다. 2024년에는 학이사 창사 70년 역사를 기념하기 위해 '지역출판 70주년' 이라는 이름을 걸고 10회를 시작했다.

이렇게 저자와 독자, 출판사와 책방이 책을 매개로 지역에서 함께 어울리다 보면 우리 모두가 행복할 수 있다고 믿는다. 이런 행사를 통해 우리 지역에도 이렇게 좋은 작가가 있고, 우리가 사는 골목에 좋은 책방이 있고, 출판사가 있다는 걸 지역민에게 알린다. 그러면서 지역작가와 지역출판물, 우리 동네 책방을 아껴달라고 부탁한다. 책방과 독자의 반응이 뜨겁다. 지역출판사는 이렇게, 혼자 또는 함께 지역을 위해 활동한다.

혼자서 힘이 부치면 같은 처지에서 일하는 출판사들과 힘을 모으기 위해 연대한다. 전국의 지역출판사들이 스스로 활로를 개척하기 위해 모인 한국지역출판연대가 그것이다. 2017년 제주에서 열린 '제1회 한국지역도서전' 개최를 시작으로 해마다 전국을 권역으로 나눠 찾아가는 도서전을 개최한다.

우리 스스로 지치지 않기 위한 자구책이다. 비록 타 업종에 비해 규모는 작을 수 있지만 지역출판사가 지역에서 하는 역할이 왜 소중한지, 왜 지역이 지역출판사를 아껴야 하는지를 알리기 위해 전국을 순회하면서 관심을 갖게 한다. 책을 통해 개인의 발전뿐만 아니라 내가 사는 지역이 진정한 문화 도시, 책의 도시가 되는 길을 함께 고민하고 바라는 것이다.

우리는 이렇게 스스로의 활로를 개척하지만, 많은 게 미약하다. 대부분의 출판사가 한두 명의 직원과 함께하며 북 치고 장구 친다. 무엇을 기획하고 진행하기가 쉽지 않다. 그래서 그 지역에서 생성된 기록물이나 출판물을 담당하며 함께 고민할 수 있는 도서관이나 행정기관에 도움을 요청하기도 한다. 출판사, 도서관, 작가, 독자가 지역에서 어울려 책과 놀 수 있는 터전을 함께 만들어가자고 부탁하기도 한다.

다시, 지역출판의 부흥을 꿈꾼다

어떻게 하면 이 소중한 지역출판물을 생산하는 지역출판사가 자긍심을 가지고 일할 수 있을까? 결론은 하나다. 출판사 스스로의 노력에 중앙정부나 지방차치단체의 지원이 더해져야 한다. 지역민이 지역책으로 즐겁게 어울려 놀 수 있고, 출판사가 지역 사회에 이바지할 수 있도록 도와야 한다. 지역출판물을 지역민이 언제든지 만날 수 있도록 도서관과 서점에 비치해야 한다. 조례로 정하면 어렵지 않게 해결할 수 있을 것이다. 지역에서 애써 만든 책이, 지역문화콘텐츠가 독자에게, 그것도 지역독자에게조차 전달되지 못한다면 무슨 소용이겠는가? 지역도서관에서도 전체 도서 구입 예산에서 지역 책 구매에 일정 금액을 할애하면 좋겠다. 또 지역서점에서 지역 책을 구매하는 독자에게는 독서 인센티브를 주는 등 서점과 함께 살아갈 수 있는 방안을 연구해야 한다.

우리가 사는 지역에서 서점이 사라진다면, 책의 실물을 보고 만지는 기쁨이 없어진다면, 상상만으로도 일상은 팍팍해진다. 그렇다. 지역에서 작가와 출판사, 서점, 도서관, 독자가 어울려 제각기 역할을 충실히 할 수 있을 때 비로소 지역사회와 지역민의 삶은 풍요로워진다. 그러기 위해서는 무엇보다 출판사 재직자나 취업 희망자를 위한 출판 교육이 우선되어야 한다. 알아야 면장을 한다고 했다. 안타까운 점은 지역에서는 돈을 주고도 출판 교육을 받을 곳이 없다. 그렇다고 서울에 가서 배운다는 것도 말처럼 쉽지 않다. 대구·경북 지역에는 대학에 출판 관련 학과가 한 곳도 없다. 더불어 직원이 많은 출판사가 없어 전문 인력의 유동이나 경험을 공유하기도 쉽지 않다. 한국출판문화산업진흥원에서 전국으로 찾아가는 출판교육을 실시해야 하는 이유다.

대구는 그나마 다른 지역에 비하면 상황이 낫다. 대구출판산업단지가 있고, 출판산업지원센터가 있다. 2022년까지는 출판산업진흥원에서 위탁을 맡아 출판교육이 진행되었다. 참가하는 교육생들의 상황을 보면 얼마나 시급한지 알 수 있다. 부산과 울산을 비롯해 멀리서 새벽차를 타고 교육을 받으러 온다. 무엇 때문이겠는가? 이런 기회를 놓치면 교육을 받을 기회가 없기 때문이다. 이런 문제를 해소하기 위해 각 지역에 거점 도시를 정해서 찾아가는 출판교육을 시행해야 한다. 대구와 경북 지역은 대구출판산업지원센터를, 경남 지역은 부산이나 울산을, 전남 지역은 광주를, 전북 지역은 진흥원 본원이 있는 전주를, 충청권은 대전이나 충주를, 강원권은 원주나 춘천 등을 거점으로 삼아 찾아가는 출판교육이 이루어져야 한다. 제주 역시 마찬가지다.

우리는 다시 꿈꾼다. 저마다 위치한 지역에서 마음껏 일할 수 있기를, 지역에서 만든 책으로 지역민 모두가 행복하기를. 그래서 다시, 지역출판의 부흥을 꿈꾼다. 다 함께.

2024년 가을에
신중현

2부

지역에서 책으로 행복하기

3부
잊을 수 없는 책

들어가며

학이불사즉망사이불학즉태

學而不思則罔 思而不學則殆

"배우기만 하고 생각하지 않으면 답답하고, 생각만 하고 배우지 않으면 위태롭다."

『논어』 위정편에 나오는 말이다. 학이사는 여기에서 출판사명을 따 왔다. 좀은 과분한 면이 없지는 않지만, 이 거창한 말을 출판사의 기업정신으로 삼는다. 그래서 '모을 社'를 사용하지 않고 '생각 思'를 쓴다. 학이사의 역사는 이상사理想社에서 시작된다. 전신인 이상사는 1954년 1월 4일이 출판등록일로, 출판등록번호 대구 1-1호이다. 창업 50년이 되던 2005년에 이상사에 근무하면서 학이사 출판등록을 했다.

이후 2007년에 이상사를 폐업신고하고 비로소 학이사가 그 맥을 이은 것이다. 그래서 실질적인 학이사의 창립은 2007년으로 여긴다. 지금도 교보문고 등 인터넷서점에 나타나는 책에는 학이사 뒤에 괄호로 이상사를 넣어 표기한다. 긴 역사를 온전히 지키기 위함이다. 이는 개인의 욕심도 있지만 우리 지역에 70년의 역사를 지닌 출판사가 있다는 자긍심을 갖도록 하고 싶은 마음도 있다. 2024년이면 창사 70주년이다.

이상사도 다른 출판사와 마찬가지로 6.25전쟁으로 서울에서 대구로 피란을 왔다. 당시 출판사들이 대구역 근처에 자리 잡아 교재를 편찬하고, 전쟁에 필요한 인쇄물을 인쇄하면서 자연스럽게 동산동, 남산동에 인쇄골목이 활성화 되었다고 한다. 전쟁이 끝나자 모든 출판사가 서울로 올라갔을 때, 이상사는 대구에 출판사 등록을 마치고 지방출판의 역사를 쓰기 시작했다.

지역출판에 첫 발을 딛다

1987년 6월 29일, 도서출판 이상사에 첫 출근을 했다. 대구의 중심이던 중구 종로1가 71번지, 지금은 음식점 거리가 되었지만, 당시는 종로 가구거리로 명명되던 곳이다. 세상도 날씨도 아주 뜨겁던 날이었다.

제대 후 염색공단에서 주야간 근무로 현장일을 할 때였다. 하루는 야근을 마치고 퇴근을 하니 자취집 주인아주머니가 꼭 연락을 해 달라고 하더라며 전화번호를 하나 전해주었다. 22-5575. 이상사의 대표전화였다. 지금도 휴대전화에 이 번호의 뒷자리를 사용하는 이유이다. 전화를 하니 같이 일해보자며, 이력서를 들고 한번 오라고 했다.

가서 보니 내가 알던 출판사와는 규모가 달랐다. 학보사에 있었던 일과 작은 출판사에 잠시 일했던 것을 보고 누군가 추천하더라면서, 고등학교 성적증명서를 준비해 다시 오라는 것이었다. 그래서 말씀드렸다. 주야간을 하니 버스를 타고 시골까지 다녀올 시간도 없을뿐더러, 고등학교 성적이 그렇게 좋지 않아 죄송하지만 못 가져오겠다고 했다. 그러자 정확한 음력 생년월일과 태어난 시라도 적어두라고 하셨다. 참 희한한 것도 다 묻는다 싶었지만, 알려주지 않을 이유도 없어 적어두고 나왔다.

그렇게 다녀온 후 포기하고 아쉬움도 없이 지내는데, 일주일쯤 지난 어느 날 연락이 와서는 주민등록등본 두 통을 떼어서 출근하라고 했다. 그날이 우리 정치사에 있는 6.29선언일이다. 1987년 6월 29일의 일이다. 그래서 잘 기억한다. 올해로만 35년 전의 시간이다. 그렇게 지역출판에 첫 발을 딛게 되었다. 마침 그날이 6.29선언을 하게 된 날이었지만, 출판사가 위치한 중앙통에는 여전히 최루탄 냄새가 자욱하고, 밤이면 계속 시위가 이어지던 시절이었다.

출근을 하니 그야말로 천국이었다. 오전 8시부터 오후 7시까지, 혹은 오후 7시부터 오전 8시까지 2교대로 근무하던 염색공단에 비하면 오전 9시 출근에 오후 6시 퇴근은 그야말로 천국이었다. 마침 그때는 서울올림픽을 앞에 두고 있어, 한 시간을 당겨 사용하는 서머타임이 실시되던 시기였다. 오후 6시는 서머타임을 적용하여 실질적으로는 오후 5시가 되는 것이다. 한여름의 오후 5시에 퇴근을 한다는 것은 해가 중천에 있을 때였다. 모든 게 꿈만 같았다.

당시 이상사에서는 입사 시에 대학을 나와도 대학 성적이 아니라 고등학교 성적증명서를 요구한다는 것이었다. 사람은 고등학교 때 이미 모든 것이 결정 난다고 창업주께서 생각하셨기 때문이었다. 그렇게 성적증명서 없이 입사하게 되었으며 후배들의 입사 서류에서도 더이상 성적증명서는 보지 못한 것 같다.

성적증명서를 제출하지 않고도 입사할 수 있었던 비밀은 머지않아 밝혀졌다. 어느 날 회장님께서 부르시기에 갔더니, "자네는 사주가 좋아. 그러니 열심히 해 봐."라고 하셨다. 그랬다. 입사의 비밀은 사주에 있었다. 회장님 사모님께서 잘 아는 철학관이 있는데, 모든 남자 직원은 입사 시에 사주를 본다는 것이었다. 그 관습은 창업주 내외가 돌아가실 때까지 계속되었다.

믿든 믿지 않든, 이 말은 그날 이후로 내게 엄청난 용기를 주었다. 무슨 일이든지 시작할 때는 스스로 자신감을 가지게 하는 말이었다. '나는 무엇을 해도 잘 된다고 했어. 이 일도 잘 될 거야'라는 자긍심은 실패에 대한 두려움을 많이 없애주는 큰 역할을 했다. 말의 힘을 느낄 수 있었다.

편집 일을 시작하다

이상사 편집부에 입사하니 편집장과 편집과장, 여직원 4명이 일하고 있었다. 당시 이상사에는 직영 제책시설을 갖추고 있어 직원들이 많았다. 처음 마주한 것은 만자옥편이라는 포켓용 옥편이었다. 지금 말로 하면 46반판, 46전지 64절로 담뱃갑 크기였다. 당시 이상사는 옥편을 중심으로 사서류와 학습부교재를 중심으로 단행본 등을 출판하고 있었다. 다양한 옥편과 국어사전, 영한과 한영사전, 일한과 한일사전 등 다양한 사서류가 출간되고 있었지만 주 제품은 옥편이었다.

당시의 편집은 식자植字한 인화지를 얇게 떠서 편집 용지인 대지에 붙이는, 소위 말하는 대지바리였다. 편집장이 연습하라고 주는데, 도무지 적응이 되지 않았다. 손은 크고 어둔한

데, 핀셋으로 집어 붙이는 게 정말이지 서툴고 진도가 나가지 않았다. 그렇게 한 주일 정도 진땀을 빼니, 다음은 교정을 보라고 하셨다. 그러자 숨통이 트이고 일에 재미가 생겼다. 그것도 적응할 때까지는 쉽지가 않았다. 늘 현장에서 일하던 습관이 몸에 배었기 때문이었다.

아침에 출근하면 퇴근까지 이희승 박사의 국어대사전과 신기철 신용철 형제 국어학자가 펴낸 국어대사전, 장삼식 박사의 한한대사전의 깨알 같은 글씨에 파묻혀 있다는 게 쉽지는 않다. 이때부터 사용하던 사전은 다 닳고 허름하지만 버리지 않고 함을 만들어 지금도 보관하고 있다. 이것으로 지금까지 먹고 살았고, 오늘날 학이사가 생길 수 있었다 생각하며 소중하게 여긴다.

그렇게 몇 달이 지나 일에 재미가 붙을 때쯤 편집과장이 개인사업을 하겠다며 사퇴를 했다. 윗사람이 한 명 줄어드니 일의 부담은 늘었지만, 의욕 또한 더 생겼다. 지금 생각해도 당시는 일이 아주 재미있던 시절이었다. 특히 신문을 맘껏 볼 수 있었다는 게 아주 좋았다. 중앙일간지와 지역의 신문은 물론, 일주일 치를 모아서 가져다주는 일본 아사히신문까지, 그것을 보는 것만 해도 본전을 뽑는 기분이었다. 그 신문을 보려면 아침 일찍 가거나 늦게 남아서 보는 수밖에 없었다. 그래서 월급을 주지 않아도 먹이고 재워만 주면 일할 수 있겠다는 생각까지 들었다.

퇴근을 하고 회사 근처에서 직원들과 당구를 치거나 술을 한잔 하는 날에도, 다른 사람들과 헤어져서는 사무실에 다시 들렀다가 갈 정도로 회사에 머무는 시간이 좋았다. 당시에는 무인경비가 없던 시절이었다. 그래서 야간에만 출근해 이튿날 아침까지 회사를 지키는 아저씨가 한 분 계셨다. 그 분이 많이 좋아하셨다. 남들보다 한 시간 이상 일찍 출근하여 빨리 퇴근하게 했으니, 당연히 좋지 않았을까?

이러한 일상이 자연스럽게 창업주와 경영주의 귀에 들어갔었나 보았다. 한 번씩 늦게 사무실에 있으면 일부러 나와서 이것 저것 묻는 경우도 있었다. 그 덕분인지, 2년쯤 되던 해에 과장 발령을 받았다. 회장님 말씀으로는 창사 30년 만에 가장 빠른 경우라며 다음 달부터는 직급 수당이 더 나갈 것이라고 하셨다. 사실 직급보다는 수당이 더 반가웠다.

참으로 일이 즐거운 시절이었다. 새로운 것을 하나하나 알아가는 것 자체가 큰 기쁨이었다. 기획한 책이 호응을 얻자 회사에서는 영업을 해보라는 권유가 있었다. 직접 기획한 책을 들고 영업을 나서니, 서점에서도 더 많은 관심을 가져주었다. 그렇게 처음 영업자로 발을 내딛은 곳이 광주와 전남지역이었다. 모든 게 신세계였다. 이때의 인연으로 지금까지 가장 선호하는 여행지가 전남지역이다.

첫 책을 만들다

처음 내 손으로 만든 것은 초등학교 국어사전 개정판이었다. 당시의 이름은 물론 국민학교 국어사전이었다. 우리나라에서 최초로 초등학생용 국어사전을 발간했는데, 수록 내용은 초등 1학년부터 6학년까지 모든 과목의 단어를 풀이한 것이었다. 이 사전은 입사하기 전부터 발간하고 있었는데, 마침 재쇄를 앞두고 있었다.

1989년 3월 1일부터 한글맞춤법 개정안이 시행되었다. 하지만 모든 인쇄물에는 적용을 하지 않던 시기였다. 개정에 개정을 거듭하던 혼란한 시기였다. 그래도 개정 맞춤법에 따라서 사전을 개정해서 펴내자고 했다. 당시 우리나라 국어사전은 자음 배열에서 두 가지 형태로 사용되고 있었다. 가령 민중서림 국어사전은 된소리를 지금처럼 뒤에 모은 형식이었으며, 이상사와 동아출판사 등의 국어사전은 '가' 뒤에 바로 된소리 '까'가, 그 다음에 각이 나오는 배열순서로 되어 있었다. 당시 이상사의 국어사전은 후자를 택하고 있었는데, 개정 맞춤법에는 전자를 취했기에 일은 아주 많았다.

그래도 개정해서 발간하도록 요청하자 반대가 심했다. 서울의 어느 큰 출판사도 개정하지 않는데, 우리가 먼저 할 수 없다는 것이었다. 그러던 중 어느 날 '네가 하고 싶은 대로 하라' 며 허락해 주셨다. 그날부터 국립국어원의 이은정 박사님께 편지를 보내고, 전화로 묻고 또 물어 개정하였다. 심지어 큰 출판사에서 개정판이라고 표시 되어 있었으나 개정에 맞지 않게 출간한 책에 틀린 부분을 찾아 편지를 보내 개정을 요청하고, 감사의 답변을 받았다.

이유는 큰 출판사가 수정하지 않으니, 아무리 국립국어연구원에 자문을 구해 수정한 것이라도 큰 출판사의 것을 믿겠다는 사람들의 생각을 바꿔야 했기 때문이다. 이 과정에서 경영주의 적극적인 지원이 있었다.

결과는 아주 좋았다. 시쳇말로 대박이었다. 지역에서 서점 관계자들이 당시 유행하던 봉고를 타고 와서 한 박스라도 더 받아가려고 기다리는 촌극까지 벌어졌다. 제작부장은 필름을 싸서 대량 제작을 위해 파주로 올라갔다. 이때부터 대구와 파주에서 동시에 제작이 이루어졌다.

우리나라에서 최초로 국민국어사전을 만들었고, 최초로 국민국어사전을 개정된 맞춤법에 따라 편찬하였기에, 몇 년간 다른 출판사들이 재고를 다 소진하고 개정해서 출간할 때까지는 아주 행복한 시간을 보낼 수 있었다. 그때부터는 무슨 책이든 이런 책을 기획하겠습니다, 라고 기획서를 보여드리면 무조건 진행하라고 했다. 다행히 초등물을 비롯한 몇 가지를 기획하고 나름 성공할 수 있었다. 많은 행운이 따랐던 것이다. 특별히 출판 기획을 배울 기회도 없었고, 공부도 하지 않았지만, 다만 감으로만 했던 게 다행히 회사에 손해를 끼치지 않은 행운을 얻었던 것 이다.

책의 밑줄 친 부분을 읽다

출판사 일은 참으로 재미있었다. 책과 신문을 맘껏 읽을 수 있다는 것도 좋았지만, 도매상에서 책을 싸게 살 수 있다는 것도 출판사 근무의 큰 매력이었다.

무엇보다 창업주의 은혜가 더없이 컸다. 회사에서는 경영에서 물러난 창업주를 회장님이라 불렀다. 그분은 2세에게 모든 것을 맡기고, 매일 출근하셔서 온종일 책을 읽는 것으로 소일하셨다. 당시 회사는 일본식 적산가옥 2층에 편집실과 회장님의 방이 마주하고 있었다. 회장님은 책이나 신문을 보시다가 새로운 용어가 보이면 불러서 "이게 무슨 뜻인지 아나?"라고 물으시고는 모른다고 하면 상세하게 설명해 주셨다. 그러시던 어느 날, 말씀하셨다.

"자네는 바쁘니 내가 읽고 밑줄 친 이 부분만 읽어." 그러면서 당신이 읽은 책을 건네주셨다. 이 책은 아직도 귀하게 보관하고 있다. 세상에 누가 이런 마음을 쓸 수 있겠는가. 나는 아직까지 누구에게도 이렇게 한 번 해 본 적이 없다.

그 시절에, 그분들의 이러한 관심 덕분에 오랜 세월을 출판사에서 떠나지 않고 즐겁게 보낼 수 있었다. 일본 신문을 한 자로만 더듬어 읽다가 책 광고를 보고 스크랩해서 보여드리면 구해 주셨고, 대학 일본어 교수를 불러 언제든지 도움을 청하면 도와주라고 말씀하셨다. 달리 그분에게 보답이야 하셨겠지만, 그 교수님께도 많은 것을 배웠다. 이러한 것이 새로운 책을 기획하고 만드는 데에 많은 도움이 되었다.

그 영향인지는 몰라도 지금도 일본에 서점 구경하러 가는 것을 좋아한다. 내용도 잘 이해하지 못하지만 가면 책 욕심을 많이 부린다. 서점 여행은 언제나 즐겁다. 이제는 일본에 학이사 책을 번역, 출간하는 출판사까지 있으니 그 즐거움은 더 크다.

회사에는 자료용으로 모은 일본책이 상당했다. 독립해 나올 때 그 책을 가져다 둘 곳이 없어 버리는데, 정말 아까웠다. 이 책들도 아까웠지만 독립하면서 버린 것 중에 가장 아까운 것은 '국어대사전'의 지형紙型이었다. 지형은 활판인쇄의 시대에 인쇄용 연판(납으로 된 인쇄판, 지금은 CTP판으로 전부 대체되었음)을 만들기 위한 본으로, 흔히 보루종이라 하는 두꺼운 종이였다. 이 판에 글자의 형태가 찍혀 있어서, 그곳에 납을 녹여 부어 인쇄용 판을 만들던 것이다. 이 지형을 언젠가는 귀중한 자료가 될 것이라 생각하고 가지고 다녔는데, 좁은 창고만 얻을 수 있던 형편이라 더 이상 보관하지 못하고 결국은 버리고 말았다.

이 일은 지금도 생각하면 아깝다. 하지만 당시의 형편으로는 어찌할 수가 없었다. 책 한 쪽이 두꺼운 종이 한 장이니, 1천 장이 넘는 지형을 보관할 공간이 없었다. 책 한 박스라도 더 보관해야 하는 공간이 아쉬웠기에, 하는 수 없이 버렸지만 아깝다는 생각은 지울 수가 없다.

아마 지금 그것을 가지고 있었다면, 출판이나 인쇄 박물관에 기증했다면 귀한 자료가 될 수 있을 텐데, 못내 아쉽다.

학이사, 새 이름을 얻다

창업주와 2세 경영주의 전폭적인 지지가 있어 즐겁게 직장생활을 할 수 있었다. 무엇보다 언젠가는 회사를 맡아 경영해 보라는 말이 큰 활력이었다. 창업주께서는 2세 경영주에게 "이상사를 그만 둘 때가 되면 이 회사를 신 군에게 맡겨라. 그러면 출판사 이름이 세상에 영원히 남을 것이다."라고 하셨다고 한다. 그 말씀은 유언이 되었고, 결국은 맡게 된 것이다.

처음에는 출판사명을 그대로 사용하려고도 했다. 그러나 새로운 이름으로 시작하라는 권유에 따라 학이사로 바꾸게 된 것이다. 학이사라는 출판사명도 우연히 받게 된 것이다. 주변의 학자들이나 문인들에게 출판사 이름을 지어달라고 부탁했다. 좋은 이름을 얻고도 싶었고, 미리 독립한다는 홍보를 할 필요도 있었다.

많은 분들이 관심을 가지고 작명을 해 주었으나 마음에 드는 것이 없었다. 그러던 중 영남대학교 철학과 최재목 교수를 만날 일이 있었다. 지나가는 말로 부탁을 드렸더니, 마침 다른 곳에서 지어달라고 해서 준비한 게 있다며 학이사와 다른 하나를 들려주었다.

한 치의 망설임도 없이 학이사를 사용할 수 있도록 도와달라고 했다. 참으로 기뻤다. 세상 모두를 얻은 기분이었다. 출판사에서 추구하고 원하는 모든 것을 품은 이름이라는 생각이 들었다. 그래서 당장 이튿날 출판사 신고를 하고 등록했다. 모든 게 덕분이고 행운이었다.

1부

지역에서 출판하기

나는 대구의 출판인이다

　　　　　옛 어른들 말씀에, 10년이면 강산이 변한다고 했다. 지금은, 강산은 모르겠으나 세상이 변하는 데 10년이 아니라 1년도 걸리지 않는다. 코로나라는 전대미문의 감염병이 닥친 2020년부터는 하루하루가 더 급변하고 있다. 소수의 사람들이 사용한다고 말로만 듣던 원격 화상회의가 일상이 되었다. 몇 시간을 이동해서 만나지 않아도, 있는 곳이 국내외 어디든 마음만 먹으면 여러 사람이 얼굴을 보면서 함께 이야기를 한다. 심지어 우리는 독서토론까지도 줌이라는 기능을 이용해 마주앉은 것처럼 한다.

　모든 것에서 마찬가지겠지만, 출판시장은 하루가 다르게 더 빨리 변한다. 1987년, 출판사에 첫 출근을 했다. 35년 전의 일이다. 이날 이후로는 잠시라도 다른 일을 직업으로 삼아본 적이 없다. 그래서 세상일에 어둡다. 학보사 시절의 활판을 거쳐, 청타와 사진 식자의 시대를 지나 어느덧 모든 걸 컴퓨

터로 해결하는 세월까지 왔다.

조급한 마음에 허겁지겁 변하는 세상을 따라가기에 벅차다. 그래서 새 책을 기획하고 출간할 때마다 아직도 두렵다. 어느 것 하나 지금까지 쉬운 게 없다. 늘 전전긍긍한다. 독자들이 보여줄 그 결과에 대해. 지금도 기획부터 디자인, 심지어 종이 고르는 일까지 모든 게 두렵고 또 두렵다. 아마 일에서 손을 떼는 그날까지 이러다 말 것 같다.

그것뿐인가, 종이책에서 끝나던 것이 이제는 전자책과 오디오북까지 연계해서 제작하고 판매해야 하니, 신경 써야 할 일은 두 배 세 배 늘었다. 심지어 출판 시장까지 이제는 국내를 기본으로 해외까지 관심을 가져야 한다. 이런 걸 보면 매일 야근을 했지만 이희승 박사의 국어대사전을 하루 종일 끼고 살던, 그때의 편집부 생활이 꿈처럼 행복하게 기억된다.

학이사는 대구에 있다. 이 말이 참 좋다. 지역에 있는 작은 출판사지만 늘 독자들과 함께하기를 꿈꾼다. 학이사의 이러한 꿈을 이루기 위한 가장 기본은 '지역민과 함께 책으로 즐겁게 놀자'이다. 잘 놀다 보면 세월은 즐겁게 흘러갈 것이고, 잘 놀다 보면 넉넉지는 못하겠지만 호구지책은 자연히 해결될 것이라고 믿는다.

지역에서 좋은 사람들과 '학이사독서아카데미'를 함께하고, '책으로 노는 사람들'과 매달 만나 고전 속에서 유영한다. 또 지역출판사 책으로 서평대회를 열고, 책의 날에는 책과 장미를 들고 이웃과 서로의 마음을 잇고, 시민들과 어울려 문학기행을 가고, 완행열차를 타고 책을 읽으며 여행을 한다. 이렇게 지역민과 어울려 책과 함께 놀 수 있는 것은 오직 대구에 있기 때문에 가능한 일이다.

이러한 일들 중에 출판사가 단독으로 할 수 있는 것은 아무것도 없다. 멀리 팔공산에서 무료 서평강의를 하러 오는 문무학 학이사독서아카데미 원장이나 온종일 납으로 된 무거운 장갑을 끼고 점심시간도 없이 진료하는 백승희 사랑모아 통증의학과 원장의 책과 대구 사랑이 있기 때문에 가능한 것이다. 그리고 날씨나 거리를 탓하지 않고 오직 책을 좋아하는 사람들과 마음을 나누고 싶어 모이는 이들의 정성이 있기 때문이다.

세상일이 다 그렇지 않던가. 말처럼 모든 게 즐거운 일만 있는 것은 아니다. 출판사도 사람을 상대로 영리를 목적으로 하는 사업이라, 힘들 때도 많다. 경제적으로 판단해 매출 규모로만 보면 대부분 지역출판사의 매출이 웬만한 국밥집보다 적을 수 있어 중요하게 여기지 못할 수도 있다. 그때마다 스스로를 달랜다. 지역 문화의 요체는 출판이다, 또는 지역에 좋은 출판사 하나가 있다는 것은 좋은 언론사나 대학이 있는 것과 같다, 라는 말에 스스로 위안을 삼고 자긍심을 가지려 노력한다.

비록 타 업종에 비해 규모는 작지만 지역출판사가 지역에서 하는 역할이 왜 소중한지, 왜 지역이 지역출판사를 아껴야 하는지를 알리는 데에도 관심을 가진다. 그래서 지금도 책을 통해 개인의 발전뿐만 아니라 내가 사는 지역이 진정한 문화의 도시, 책의 도시가 되는 길을 이들과 함께 고민하고 바라는 것이다.

지역 문화의 요체, 지역출판

출판사는 책을 통해 지식과 정보를 전파·향유·교류하게 하며, 그 대가로 이윤을 추구하는 기업이다. 하지만 다른 산업과 동일하게 이윤추구만 하는 산업으로 봐서는 곤란하다. 특히 지역출판업은 더 그러하다. 지역 문화 발전의 가장 핵심적인 요체라는 자긍심이 없으면 불가능한 산업이다. 이러한 출판업이 수난 시대다. 코로나19 사태에 더해 덮친 대형 서점의 부도 바람은 피폐한 출판시장에 더 큰 어려움을 안겼다. 모두가 마찬가지겠지만 하물며 중소출판사나 지역출판사는 어떻겠는가. 그것을 일일이 나열하는 순간마저 구차해 말로 다 할 수 없다.

지역의 사전적 의미는 '일정한 지역의 땅의 구역, 또는 그 경계'를 일컫는다. 그렇지만 우리가 흔히 말하는 지역출판은 지역이 아니라 지방, 즉 수도권을 제외한 전국의 출판사를 일컫는다. 여기에도 혼란은 있다. 주소지만 지방에 두고, 생산부터 마케팅까지 모든 업무가 수도권에서 이루어지는 출판사를 다 지역출판사로 볼 수 있는가, 하는 문제이다. 이렇게 저렇게 다 제외하면 사실 지방출판사는 별로 없다. 그렇지만 우리는 어떤 형태든 지역에 본거지를 둔 출판사를 지역출판사라 하며, 함께 어울려 산다.

학이사는 대구에 있다. 그래서 '지역에 살고 대구에 산다'는 이 말을 좋아하고 자랑스럽게 생각한다. 대구에 살면서 서로 다독여주는 이웃들과 어울려 그들의 삶과 생각을 즐겁고 기쁘게 엮는다. 늘 작가와 독자가 함께 책을 통해 즐겁게 논다. 그래서 이 일이 참 좋다.

사실 지역출판사는 어느 것 하나 쉬운 일이 없다. 당장 경험 있는 인력을 구하는 일부터 신입직원의 교육, 물류와 유통 등 모든 게 수월치 않다. 아쉽지만 어쩔 수 없다. 이것은 개인이 해결할 수 있는 일이 아니기 때문이다. 지자체에서도 쉽게 마음을 쓸 수 있는 일이 아님을 안다. 모든 일이 통계로만 표시되는 세상에서 지역출판사가 그 지역 경제에 미치는 영향을 생각하면 아주 미미하다고 판단할 수 있기 때문이다.

하지만 절대 간과할 수 없는 것은 지역출판사가 눈에 보이지 않지만 지역에 미치는 지대한 영향이다. 지역에서 출판인들의 역할은 단순히 책을 엮어내는 것 이상임을 알 수 있다. 그들은 그 지역의 진정한 삶을 발굴하고 기록한다. 그것은 문학이 되고 철학이 되고 역사가 된다. 단지 지역의 삶을 기록한다고, 지역출판사의 출판물이라고 해서 하향적 시각이 없는 것은 아니지만, 그래도 꿋꿋하게 자신의 길을 간다.

지역출판사의 소명과 역할

2020년, 대구는 코로나19로 인해 250만 시민의 봄이 송두리째 빼앗긴 한 해였다. 당시에는 다시 봄을 맞을 수 있을까 싶을 정도로 참담했다. 언론에서는 참담함을 조금이라도 더 자극적으로 보도하기 위해 경쟁하는 듯 보였고, 일반인들도 당연히 대구와 거리를 두었다. 심지어 서울의 대형 병원은 대구에서 오는 응급 환자조차 거부하던 시절이었다. 그 어둡고 암울하던 시기에 지역출판사가 지역민을 위해 할 수 있는 일이 과연 무엇인지 고민했다. 그때 생각한 것이 이렇게 힘든 시기를 보내고 있는 대구를 기록으로 남기자는 것이었다.

계획이 서자 마음이 급했다. 모두가 불안에 떨고 있는 시기에 희망의 등불이 필요했다. 어려운 시기에 나만 힘든 것이 아니라 모두가 잘 버티고 있구나, 하는 희망을 빨리 건네주고 싶었다. 먼저 직업이 각기 다른 50명의 시민에게 원고 청탁을 했다. 마음이 급해 카카오톡으로 취지와 청탁서를 보냈다. 글을 자주 써보지 않은 분들이 많아 쉽지 않을 것이라고 생각했지만, 반응은 의외로 뜨거웠다. 생업을 할 수 없어 답답하던 차에 글에 마음을 풀어내니 속이 시원하다며 오히려 출판사를 위로했다. 시민들의 기록은 기획부터 출간까지 한 달이 채 걸리지 않았다.

의료진의 기록도 마찬가지다. 생사가 달린 전쟁터와 같은 시간을 보내고 있는 의료진에게 현장에서 보고 느낀 점을 글로 적어달라고 하는 것이 과연 말이 된단 말인가. 망설이다가 경북대 의대 이재태 교수님께 부탁했다. 그러자 흔쾌히 코로나 현장 여러 분야에서 일하던 의사와 간호사, 구급대원 등 35명의 의료진의 원고를 받아주었다. 그래서 뉴스에서 볼 수 없었던 사투 현장을 시민들에게 알릴 수 있었다.

이렇게 탄생한 것이 코로나19 대구시민의 기록 『그때에도 희망을 가졌네』와 대구 코로나 현장에서 헌신한 의료진 35명의 목소리를 기록한 『그곳에 희망을 심었네』이다. 우리나라에서 처음으로 코로나를 기록한 책으로 언론에서 소개했다.

책이 발간되자 중앙 일간지에 대서특필 되었고, 일본 언론에서도 큰 관심을 가지고 취재를 요청했다. 특히 NHK에서는 정규 뉴스 시간에 많은 분량을 할애해 소개하였으며, 일본 독자 100명과 줌으로 저자와의 만남도 가졌다. 다른 언론에서는 그 과정을 취재하는 열의를 보이기도 했다. 일본 독자와의 만남에서는 학이사도서관에서 의료진 저자 대표 두 분과 시민 저자 대표 두 분, 출판사 대표, 통역이 함께했다.

 이를 계기로 대구 시인 95명이 코로나 사태를 시로 읊은 『아침이 오면 불빛은 어디로 가는 걸까』와 대구에서도 신천지로 인해 코로나의 중심으로 부각되었던 대구 남구의 보건소의 기록 『등불은 그 자체로 빛난다』, 대구소방본부의 코로나19 백서와 전국에서 대구를 돕기 위해 달려와 준 소방관들의 기록 『나는 대한민국의 소방관입니다』를 발간했다. 이렇게 내가 살고 있는 지역의 코로나19와 관련된 다양한 분야의 기록을 남길 수 있어 그나마 지역출판사의 역할을 한 것 같아 다행이라 생각된다.

 혼란한 상황에서 코로나19에 대한 대구의 기록물들은 이렇게 출간됐다. 책이 출간되자 필자는 물론 독자의 반응도 뜨거웠다. 코로나를 함께 이겨낸 어려움을 자축하는 분위기였다. 책의 힘을 느낄 수 있었던 순간이었다. 책은 거의 동시에 코로나로 같은 어려움을 겪는 일본에서도 번역, 출간되었다.

이 책이 쿠온 출판사 김승복 대표의 도움으로 일본에 번역되자 많은 일본의 언론이 관심을 보이며 온라인 인터뷰 요청을 해왔다. 그들이 인터뷰를 요청한 공통적인 이유는 일본에서는 이렇게 지역의 이야기를 생생하게, 당사자들이 즉시 기록한 책을 보지 못했다는 것이다. 그리고 지역출판사가 지역의 일을 재빠르게 기록한 것을 칭찬했다. 이런 일을 지역출판사가 아니면 누가 할 수 있겠는가.

지역과 지역출판

오랜 시간 지역에서 출판 일을 했다. 그래서 관련 기관의 공직자를 만날 기회가 있으면 여러 가지 넋두리를 한다. 언론에도 마찬가지다. 출판 관련 원고를 부탁하면 웬만하면 써 준다. 많이 거칠고 부족한 말과 글이지만 하고 싶은 말을 그때 다 한다. 그렇게 자꾸 하다 보면 조금씩이라도 변하지 않을까, 기대를 하기 때문이다.

지역 문인이나 독서나 출판에 관심을 가진, 지역에 같이 사는 사람들에게도 고맙다는 말과 함께 기회가 생기면 부탁한다. 그러나 늘 마음만 앞서지 제대로 다 전하지 못한다. 그나마 몇 분이라도 공감하고, 응원해 주시기에 새로운 힘을 얻는다. 지역출판사의 역할을 이해하고 격려해 주신 그 마음이 새로운 일을 도모할 수 있는 계기로 작용한다.

지역이 급격히 쇠락해 가고 있다. 모두가 떠나고 나니 불에 덴 듯 지역의 중요성을 강조하고 있다. 그나마 그 중요성을 알고 지역을 살리기 위해 미약하지만 선도적으로 움직이는 곳이 지역출판사와 지역서점이다. 지역에서 출판사와 서점이 미치는 영향을 통계로는 제대로 나타낼 수 없다. 고급 백화점에 서점을 입점시키는 이유가 그 중요성을 알기 때문이다.

출판사나 서점은 도서관과 함께 단순한 경제 주체를 넘어 그 지역의 보물창고이다. 사람이 살아가는 데 필요한 지혜가 다 모여 있는 곳이기 때문이다. 이 보물창고를 가까이 두고도 혹시 귀한 줄 모르고 지나치는 분이 계실까 봐 어디서든 많은 말을 한다.

전국의 지역출판사는 1인 출판사가 많다. 하지만 이들에게서 우리는 지역을 살릴 수 있는 희망을 본다. 혼자는 힘이 없다. 그래서 한국지역출판연대라는 단체를 만들어 책으로 전국의 지역을 위해 할 수 있는 일을 찾아 힘쓴다. 그 결과가 몇년 사이에 긍정적으로 나타나고 있다. 지역의 책으로 전국의 지역민에게 활력을 불어넣고 있기 때문이다.

작게는 책 행사에서 서로 격려하고 응원하며, 크게는 1년에 한 번씩 권역별로 순회하는 한국지역도서전을 개최해 지역을 응원한다. 제주를 시작으로 수원, 고창을 거쳐 2020년 대구 수성구, 2021년에는 춘천 공지천 일원에서 경험할 수 있었다.

이렇게 전국을 순회하면서 도서전을 펼친다. 그래서 지역민에게 우리가 사는 지역이 얼마나 자랑스럽고 귀한 곳인지를 알게 한다. 그것을 지역출판사들이 하는 것이다. 이 가치를 무엇으로 환산할 수 있겠는가. 한국지역도서전은 지역출판사들이 자신의 지역 콘텐츠를 발굴하고, 그것을 알리고 보존하는 일을 하는 소중한 역할을 볼 수 있는 기회이다. 이 도서전을 통해 내가 사는 지역이 얼마나 고마운 곳인가를 깨닫는 것은 또 다른 기쁨이 된다. 이런 일에서 지역의 힘이 생기는 것이다.

가까운 곳에서 도서전이 열리면 참가하고, 퇴근길에 동네 서점에서 책을 고르고, 한 번쯤 가족이 동네 도서관으로 향하는 모습을 생각해 본다. 그리고 친목 모임에 가듯이 독서 모임을 찾아 한 번이라도 참석해 보면 좋겠다. 책을 좋아하는 이들과 어울리는 시간이 얼마나 찬란한지 경험하는 것이다.

흔히 100세 시대라고 말한다. 가고 싶은 곳을 마음대로 갈 수 없을 때에 어디든 나를 데려가고, 만나고 싶은 누구라도 나에게 오게 할 수 있는 것이 책 말고 무엇이 있겠는가. 이 상황에서 더 고맙게 다가올 수 있는 것은 내 이웃의 사람들이 쓰고 만든 출판물이 될 것이다.

지역에서 배운다

무슨 일이든 먼저, 보고 배워야 한다. 출판도 예외일 수는 없다. 그런데 지역출판사는 돈을 주고도 배울 기회가 없다. 모든 지역이 마찬가지지만, 대구 경북의 대학에는 출판 관련 학과가 없다. 큰 규모의 출판사도 없어 노하우를 갖춘 인력의 유동도 없다. 그나마 대구에서는 대구출판산업지원센터가 있어, 한 해 두 번씩 출판기초를 강의한다. 이것이 유일한 출판 교육 프로그램이다. 다른 지역에서는 이마저도 없는, 그래서 지방에서는 출판 교육이 전무한 것이다.

35년을 지역출판사에서만 일했다. 그러나 아는 것이 없다. 귀동냥이고 자각한 것이다. 출판은 기술보다는 정신이다. 일을 하면서 책의 물성을 깨닫지 못하면 아무리 오래 일해도 알지 못한다. 혼자는 할 수 없는 일이다. 여럿이 모여 해야 가능한 것이다. 그에 앞서 우선은 출판에 대한 서로의 생각을 배워야 한다.

다행히 한국지역출판연대라는 단체가 있다. 전국의 지역출판인들의 모임이다. 정말 가치 있고 자랑스러운 모임이다. 그래서 후배들에게 이야기한다. 내가 처음 시작할 때 이런 모임이 있었다면, 정말 도움이 되었을 것이라고.

회원 중에서 가장 오래 출판업에 종사했다. 그래서 그들을 만나면 가장 많이 배운다. 새로운 아이디어와 생각을 배우고 부러워한다. 그들에게서 지역출판사 생존의 길이 어디에 있는지를 배운다. 전국의 지역에서 자신만의 독특한 일을 하는 출판사에서, 엄청난 그들의 정신을 배운다.

이런 출판사는 절대 문을 닫지 않는다. 서울바라기만 한다면 3년이라는, 사업으로의 출판 존재를 판단할 수 있다는 첫 문턱을 넘기도 결코 쉬운 일은 아닐 것이다. 지역에서 같이 출판을 하는 업체는 동료다. 서로 라이벌 의식을 가지면 우물에서 절대 벗어날 수 없다. 콘텐츠는 한정된 파이를 나누는 것이 아니라 공동 개발해서 얼마든지 확장할 수 있는 것이기 때문이다. 그래서 동반자가 꼭 필요하다.

콘텐츠를 주고받으며, 대외 행사가 있을 때 서로 힘을 보태야 한다. 그리고 축하하고 격려해야 한다. 이런 동반자를 지역에서는 꼭 만들어야 한다. 조금이라도 일방적이어서는 불가능한 관계가 동반자이다. 같이 모여 공부하는 것도 아주 중요하다. 그리고 공동 마케팅을 하는 등 함께 일하는 것도 큰 효과를 볼 수 있다. 이 모든 것은 지역에서만 가능한 일이다.

출판도 분명히 영리를 목적으로 해야 한다. 하지만 모든 관심을 그곳에 맞추면 성장하기란 쉽지 않다. 항상 출판사와 작가, 독자가 함께 가야 한다는 생각을 지녀야 한다. 원론적인 사실이지만 이 과정이 가장 어렵고도 필요하다.

　무엇보다 출판사가 지역을 위해 무엇인가를 노력한다는 것을 보여야 한다. 이때 비로소 지역민이나 지역 사회에서도 출판사의 중요성을 느끼고, 도움의 손길을 내밀면 잡아줄 것이다. 학이사의 독서대상이 그런 경우이다. 학이사가 신문에 광고를 한 번 실어줄 수 있겠는가? 아무것도 없다. 하지만 지역의 신문사가 우리를 후원한다.

　지역 언론사가 지역의 문화를 위해 일한다는 명분을 우리가 만들어주는 것이다. 이렇게 서서히 지역에서 어울려 살다 보면 출판사도 자연스럽게 성장하리라 믿는다. 결국, 지역에서 출판을 한다는 것은 내가 머물고 있는 지역과 지역 사람들을 얼마나 사랑하느냐에 따라 결정된다.

　지역출판의 현실

　　　　　　출판의 궁극적 목적은 개인이 아는 정보를 다른 많은 이에게 전달하는 것이라 한다. 책이 가지는 정보 전달의 속도는 이미 다른 매체에 비교할 수 없을 정도로 늦다. 그래도 책만이 가지는 고유한 물성이 있어 존재 가치를 느끼고 빠져드는 것이다.

출판사도 책이라는 상품을 제조, 판매해서 영리를 취하는 기업이다. 영리를 위해 사업을 하는 것은 모든 기업의 공통적인 목표다. 하지만 출판사를 단순히 영리만을 목적으로 하는 산업으로만 봐서는 곤란하다. 지역의 출판업은 더 그러하다. 지역 문화 발전의 중심이라는 자긍심이 없으면 절대 불가능한 사업이다.

특히 지역에서 출판업을 한다는 것은 수도권보다 불리한 점이 분명히 많다. 하지만 결정적인 장애는 아니다. 노력하기에 따라 얼마든지 더 쉽게, 더 빨리 성장할 수 있다. 지역에서 출판 일을 하다 보면 가장 많이 받는 전화가 '작품집 하나 만드는 비용이 얼마냐' 하는 자비 출판의 비용에 관한 것이다. 나는 아직 그 답을 모른다. 원고도 보지 않고 책 한 권 만드는 데 얼마인지. 나로서는 알 길이 없다. 앞으로 100년을 더 일해도 알지 못할 것이다.

이들의 대부분은 다른 출판사에 의뢰를 해두고, 내가 비싸게 주는 것은 아닌지 하는 궁금증에 전화를 하는 사람이 많다. 오랫동안 자비 출판에 길들여졌기 때문에 출판의 개념을 작가가 모른다. 오직 돈이 있어야 출판을 한다는 생각, 돈만 주면 어디서나 출판이 가능하다고 생각한다.

지역에서 출판은 자비출판이 많다. 대부분의 경우 작가, 곧 생산자가 독자이다. 자비가 꼭 잘못된 것은 아니다. 아주 소중한 출판의 한 분야임에는 틀림없다. 내 책을 한 권 가진다는 것이 얼마나 귀한 일인가. 다만 정상적인 유통이 되지 않으니 책이 문화상품으로 제대로 역할을 하지 못한다는 데 문제가 있다. 우수한 콘텐츠일지라도 작가와 친분이 없는 대다수의 독자는 접할 기회를 가질 수 없기 때문이다.

작가 역시 책을 출간하면 내가 받았으니 나도 주는, 부조의 개념으로 서점이 아닌 손에서 손으로 전달하는 경우가 많다. 그러니 당연히 지역에서 출간된 책은 돈을 주고 사는 것이 아니라 공짜로 얻어야 자존심이 선다는 사람도 있다. 문제는 여기서 생긴다. 지역의 콘텐츠는 수준이 낮다는 인식, 그래서 지역출판사에서 출간된 책은 돈 주고 사는 것이 아니라 공짜로 얻어야 한다는 생각을 가진다는 것이다.

이게 출판사의 일정 부분 도움이 될 수도 있지만 성장의 어려움이 되기도 한다. 장점은 작가에게 책 만드는 공임을 받아 출판사를 유지할 수 있다는 것이고, 단점은 아무리 서점에서 마케팅을 해도 같은 지역에서는 더 이상 팔리지 않는다는 것이다. 생산자이자 소비자인 필자들이 다 공짜로 받았으니, 살 이유가 없는 것이다.

지역출판산업의 실체는 어디든 크게 다르지 않다. 출판 인력도 턱없이 부족하다. 책을 만든다고 다 출판이라고 하기는 어렵다. 출판은 작가의 우수한 콘텐츠를 출판사가 기획해서 만들고, 서점을 통해 독자에게 전해져야 한다. 여기서 한 단계만 빠져도 제대로 된 출판물이 아니다. 독자의 읽을 권리를 작가와 출판사가 보장해 줘야 하는 것이다.

지역출판사에서 가장 필요한 것이 교육과 훈련 시스템이다. 어떤 책을 하나 만들어 주는 것이 아니라 책을 만들어 많은 독자와 함께할 수 있는 방법을 고민해야 한다. 이것이 없으니 자비출판에 안주하게 되고, 작가의 피땀 어린 콘텐츠는 다중에게 전달되지 못하게 된다.

문화 분권, 지역출판이 답이다

학이사는 대구에 있다. 식구 다섯 명의 작은 출판사다. 지역에서 전국을 영업권으로 하기에는 모든 게 수월치 않다. 대구에는 출판사가 많지 않다. 그것도 영업 출판사가 아직은 몇 곳 되지 않아 함께할 수 있는 일을 기획하는 것 또한 쉽지 않다. 그러니 사람들이 가지는 인식도 다른 업종과 차별 없는, 오직 영리를 목적으로 하는 하나의 사업체로 볼 뿐이다.

이런 현상은 어느 지역이나 사정이 비슷할 것이다. 어쩌면 대구는 다른 지역에 비해 좋은 출판 환경일 수도 있다. 한국출판문화산업진흥원이 위탁 운영하는 대구출판산업지원센터가 있기 때문이다. 그래도 쉽지 않다. 하물며 다른 지역은 말해 무엇 하겠는가.

지역출판의 소중한 특징은 자신이 살고 있는 지역의 고유한 문화를 기록해서 보존하는 일을 한다는 데 그 가치가 있다. 지역의 콘텐츠가 산업화로 인해 사라지는 것을 후손에게 전해주는 일, 그 중요한 일을 하는 곳이 지역출판사다.

대부분 나라의 문화가 수도권에 집중된 것이 사실이다. 우리나라도 예외일 수 없다. 어쩌면 당연한 일이다. 사람이 많은 곳에 필요에 의해 모든 게 집중되어 있으니 계속 흡입하게 되는 것이다. 특히 우리나라의 출판 분야는 수도권 집중이 더욱 심각하다. 그래서 나라의 모든 출판 정책이 수도권 중심으로 집중된다.

산업의 수치로만 보면 당연한 결과라고 할지 모른다. 서울과 파주 일원의 출판사를 제외하면 지역출판사가 차지하는 비율은 전체의 15%, 출판물의 발행종수로 따지면 훨씬 더 미약한 전체의 5%에 그친다고 한다. 그러니 많은 출판사가 출판 인력의 부족과 유통 및 홍보의 어려움으로 위축되고 사멸의 수순을 밟는다.

이런 통계를 경제적인 측면으로만 본다면 당연히 수도권 중심의 정책이 맞을 것이다. 하지만 지역출판이 지니는 순기

능을 경제적 수치로만 환산할 수 있을까? 지역의 문화를 기록하고 남기는 일, 이 일을 지역출판사가 아니면 누가 해낼 수 있겠는가? 이것은 절대 시장 논리라는 단순한 잣대로 판단할 수 없는 일이고, 해서도 안 되는 일이다.

흔히들 이제는 지방화시대라고 말한다. 그렇다. 지방 없는 수도가 존재할 수 있겠는가? 수도권의 문화만으로 역사가 되겠는가? 지역 문화를 기록하고, 그 기록으로 지역민과 더불어 후손을 교육하고 즐길 수 있다면 얼마나 소중하고 가치 있는 일인가?

그 역할을 할 수 있는 곳이 지역출판사이고, 그 결과물이 지역출판물이다. 어떻게 하면 이 소중한 지역출판물을 생산하는 지역출판사가 자긍심을 가지고 신나게 일할 수 있을까? 결론은 하나다. 출판사 스스로의 노력에 중앙정부나 지방차치단체의 지원이 더해져야 한다. 그래야만 지역민들이 지역 문화의 바다에서 즐겁게 어울려 놀 수 있고, 경제적으로 지역사회에 더불어 이바지할 수 있는 것이다.

지역출판 활성화

지역 문화의 중심이라는 지역

출판사를 활성화하기 위해 중앙정부나 지자체는 어떤 역할을 해야만 할까? 무엇보다 교육이 우선되어야 한다. 알아야 면장을 한다고 했다. 안타까운 것은 지역에서는 출판 교육을 받을 기회가 거의 없다. 대학에서도 마찬가지다. 출판 관련 학과가 지역에는 한 곳도 없다. 큰 출판사도 없어 전문 인력의 유동 역시 없다. 출판문화산업진흥원에서 전국으로 찾아가는 교육을 실시해야 할 이유가 여기에 있다.

대구는 그나마 다른 지역에 비하면 다행이다. 대구출판산업지원센터에서 진흥원 위탁으로 1년 동안 전, 후반기에 걸쳐 교육이 실시되기 때문이다. 이 교육에 참가하는 이들을 보면 얼마나 교육이 시급한지 알 수 있다. 부산과 울산을 비롯해 멀리서 새벽차를 타고 교육을 받으러 온다. 무엇 때문이겠는가? 이런 기회를 놓치면 지역에서는 교육을 받을 기회가 없기 때문이다.

우선 각 지역의 거점 도시를 지정해서 찾아가는 출판 교육을 시행해야 한다. 대구출판산업지원센터가 대구와 경북의 교육 거점이라고 한다면, 부산이나 울산에서 경남 지역의 교육을, 광주를 중심으로 전남 지역을, 전북은 진흥원 본원이 있는 전주에서, 충청권은 대전이나 충주, 강원권은 원주나 춘천 등을 거점으로 찾아가는 출판 교육이 이루어져야 한다. 제주 역시 마찬가지다.

여기에 덧붙여 지역출판사들이 가려워하는 부분을 긁어주는, 찾아가는 출판 컨설팅이 필요하다. 일 년에 한두 차례만이라도 좋다. 지역출판사들이 전문가에게 컨설팅을 받을 수 있는 기회를 제공해야 한다. 대부분의 지역출판사들은 소수의 인원으로 모든 일을 처리한다. 한 사람이 기획자와 편집자, 마케터의 역할을 모두 겸하기도 한다. 그래서 서울에서 이루어지는 교육을 받으러 가려면 먼 거리만큼이나 힘든 요인이 된다. 이런 연후에 지역출판물이 해외라는 넓은 시장에까지 선보일 수 있는 발판을 마련하는 것이다.

지역은 세계 어디든 있다. 그래서 지역의 출판물은 세계 어디를 가도 통할 수 있는 것이다. 여기에 더 욕심을 낸다면 출판 교육을 위해 지역출판사 종사자들에게 지역출판 선진국으로의 해외 연수가 필요하다. 해외에서 지역출판사들은 어떤 방법으로 활로를 모색하는지 직접 보고 배운다면 우리 지역에서도 나름의 길을 찾을 수 있을 것이다.

또 하나 중요한 것은 모든 출판의 정책 지원에서 지역출판사를 위한 쿼터제가 시행되어야 한다는 점이다. 무엇이든 자본의 논리로만 시행해서는 곤란하다. 거대한 출판사는 더 비대해지고, 지역출판사처럼 모든 게 열악한 출판사는 더 힘들어진다. 우수 콘텐츠나 우수 도서 선정에서도 지역출판사에 일정 부분의 기회를 제공해야 한다.

이것은 편애가 아니다. 모든 국민의 선호를 대상으로 우수 콘텐츠를 선정하고 지원한다면, 지역의 콘텐츠는 누가 정리하고 누가 보존할 수 있겠는가? 이는 지역출판사를 배려하는 동시에, 우리 모두에게 평소 쉽게 접할 수 없던 지역의 콘텐츠를 향유할 수 있는 좋은 기회를 제공하는 것이다.

농촌에서 농사지은 밥을 먹지 않는다면, 도회지에 사는 사람들은 무엇을 먹고 살아가겠는가? 먹거리는 이미 오래전에 로컬의 시대로 들어섰다. 이제 문화도 마찬가지로 로컬이 중요한 시기다. 이를 위해서는 독서대전 등 대규모의 정부지원 책 행사에서 출판사 선정을 규모나 매출로만 따질 게 아니라, 지역에 일정 부분을 할애해 지역출판물을 선보이고 누릴 수 있게 해야 한다.

참가를 원하는 지역출판사가 있다면 분명히 그 지역출판사에게는 기회를 주어야 한다. 그래야만 지역민들은 자신이 사는 지역출판사에 관심을 보이고, 개최지에서도 보람을 얻을 수 있을 것이다. 특히 지역에서는 우선 그 지역에서 생성된 기록물이나 출판물을 담당하며 함께 고민할 수 있는 도서관이나 행정기관의 담당자를 출판이나 독서 전문가로 배치해야 한다. 그래서 출판사, 서점, 도서관, 작가, 독자가 지역에서 어울려 책과 함께 놀 수 있는 터전을 만들어주어야 한다.

이런 분위기가 되면 독서 인구는 덩달아 늘어난다. 내 이웃에 있는 작가를 지역의 서점에서 만나고, 내 고장에서 출간되는 책을 매개로 자주 만나 이야기를 나눈다면 책은 당연히 개인의 삶 속에 자리 잡을 것이다.

이런 신나는 일을 하려면 출판사에 꼭 필요한 것이 있다. 출판사를 경영할 수 있는 재정이다. 그 해결 방법은 지역의 책을 지역민들이 언제든지 만날 수 있도록 도서관과 서점에 비치하는 것이다. 그것을 입법화한다면 쉽게 해결할 수 있다. 지역에서 애써 만든 책이, 지역 문화의 정수인 콘텐츠를 독자에게, 그것도 지역 독자에게조차 전달되지 못한다면 무슨 소용이겠는가? 지역 도서관에서는 전체 도서 구입 예산에서 지역 책 구매에 일정 부분을 할애해 주고, 지역 서점에서 지역 책을 구매하는 독자에게는 독서 인센티브를 주는 등 서점과 함께 살아갈 수 있는 방안을 연구해야 한다.

지역 도서관과 서점이 지역민에게 끼치는 문화적 영향 또한 절대적이다. 우리가 사는 지역에서 서점이 사라져서 책의 실물을 보고 만지는 기쁨이 없어진다면, 상상만으로도 일상은 팍팍해진다. 그렇다. 지역에서 작가와 출판사, 서점, 도서관, 독자가 어울려 제각기 역할을 충실히 할 때 비로소 지역 사회와 삶이 풍요롭게 되지 않겠는가.

그래서 다시 꿈꾼다. 원하면 전국 여러 지역에서 출판 교육을 받을 기회가 생기고, 지역출판사와 지역 시점의 상생 방안이 마련되고, 지역의 소재를 기반으로 한 우수 콘텐츠를 선정하고, 지역출판물 유통센터와 공동마케팅을 할 수 있는 기구가 생겨서 맘껏 일할 수 있기를.

지산지소와 지역출판

지산지소地産地消, 지역에서 생산되는 것은 지역에서 우선 소비가 되어야 한다는 말이다. 로컬푸드에 흔히 사용하는 말이지만 책도 마찬가지다. 로컬푸드처럼 지역 문화를 지역에서 우선 소비하자는 것이다. 지역출판사에서 출간한 책은 지역에서 우선 읽히는 풍토가 이루어져야 한다. 그러기 위해서는 지역의 작가나 출판사가 지역의 자산이고 공공재라는 인식이 우선되어야 한다. 말 그대로 지역 작가와 지역출판사를 개인만의 것으로 치부해서는 안 된다는 것이다.

지역 공공재는 지역에서 스스로 아껴야 한다. 남이 키워놓은 것을 가져다 사용할 것이 아니라, 직접 더 좋은 상품으로 만들어 사용해야 한다. 우리에게 주어진 공공재를 잘 활용하면 지역출판 활성화를 위한 정책도, 지역 작가 육성을 위한 프로그램도 자연스럽게 해결될 것이다. 이는 지방자치단체뿐 아니라 지역출판사와 작가가 함께해야 한다. 그래야만 독자들과 소통하는 지역출판의 건강한 생태계가 형성될 수 있다.

기쁜 날을 맞아 지역 책을 선물로 이용하는 사람이 늘어나고 있다. 지역이 먼저 변하는 것이다. 기업에서는 연말에 직원들에게 책을 선물하고, 행사에서 수건이나 우산 대신에 책을 선물하는 곳도 생기기 시작했다. 그것도 우리 지역에서 출판한 지역 작가의 책이다. 책을 선물로 처음 받는 분들은 어리둥절해한다. 지금껏 어느 행사장에서도 책을 답례품으로 받아본 기억이 없기 때문이다. 그래서 이런 선택이 돋보이고 더욱 고맙다. 선물로 받은 책 한 권이 어떤 이에게는 분명히 인생의 전환점이 되는 계기가 될 수도 있기 때문이다.

선물로 받은 책 한 권을 들고 집으로 돌아가는 사람을 상상해 보자. 책 한 권을 손에 들었다는 것만으로도 그 사람은 이미 전과 같지 않다. 책의 힘이 여기에 있다. 우산이나 수건도 선물로 유용하지만 이제는 답례품으로 책을 선물하는 것도 고민하고 실천해야 한다. 주는 사람의 편의보다는 받는 사람의 수준을 생각해야 한다. 기업 경영주나 직장 상사는 직원이나 후배에게 축하하고 격려할 기회가 생기면 책 한 권을 선물해 보자. 창의력과 화합은 달리 생각할 필요조차 없을 것이다.

이제 바뀌어야 한다. 소득 3만 불 시대에 선물도 분명히 달라져야 한다. 우리의 선물은 너무 오랜 세월 변하지 않았다.

육체에게 주는 선물보다는 정신에게 주는 선물이 필요한 시기가 왔다. 대구의 공공기관이나 기업에서도 직원들에게 연말 선물이나 생일 선물로 책을 주는 곳이 많이 생기고 있다. 책 한 권 값으로 어떤 선물을 사서 받는 사람을 감동케 하겠는가? 지역출판사의 노력이 없다면 이 또한 불가능한 일이다. 말로만 지역출판물을 이용하라고 해서는 불가능한 일이다. 한 번만 이루어지면 그다음은 자연스럽게 흘러간다.

이제 출판도 쉬워졌다. 책을 좋아하고, 책이 가지는 물성만 이해한다면 누구나 작가가 되고 누구나 출판사를 운영할 수 있다. 소위 말하는 1인 출판의 시대다. 출판사가 서울에 있든 대구에 있든 그것이 문제가 되지 않는다. 지역에도 책을 좋아하는 사람들과 훌륭한 저자가 많다. 이런 자원이 있는데 당연히 꿈꿀 수 있지 않겠는가. 출판사는 새로운 작가와 지역 콘텐츠를 발굴하고, 지방정부와 지역 서점, 도서관이 함께 마음을 모은다면 지역에서 함께 모색할 수 있는 흥미로운 일이 반드시 있을 것이다. 이 일을 이루기 위해서는 내가 머물고 있는 지역과 지역 사람들을 사랑해야 한다. 그 길만이 지역이 살고 내가 살 수 있는 방법이다. 그 역할을 하는 곳은 당연히 지역출판사다. 그리고 그것이 지역출판사가 해야 할 몫이고 사명이다.

지역 책과 서울 책

아파트에 재활용품을 모으는 곳을 지나다 보면 책이 버려져 있는 것을 흔히 본다. 아이들이 성장하면서 버리는 아동 도서도 있고, 참고서와 문학 잡지와 문학 서적이 많다. 심지어 저자가 보내온 봉투도 뜯지 않고 버려진 책까지 있다. 맘이 혼란스럽다. 한때는 새 책이 생기면 책 표지가 상할까 봐 다른 종이로 덧씌우던 시절이 있었다. 하지만 이제는 넘친다. 어떤 면에서는 책이 공해가 되기도 한다. 출판업을 하는 사람으로서 이 부분에서는 상당히 공감하고 책임감도 느낀다.

지역에는 두 부류의 작가가 있다. 지역에 살면서 지역출판사를 믿고 출판하는 작가와 무조건 서울, 출판사 주소만 서울로 되어 있으면 좋다고 생각하는 작가가 있다. 후자를 절대 탓하자는 것은 아니다. 마케팅 전담 부서가 있고, 초판 몇 천 부 선인세를 받고 계약할 수 있으면 당연히 가야 한다. 아직 지역에서는 그런 조건으로 계약할 수 있는 곳을 찾기가 쉽지 않기 때문이다. 서울이라 해서 다 베스트셀러를 만들고, 내 글은 좋은데 지역출판사에서 출간하니 베스트 작가가 되지 못한다고 생각하는 사람이 없지는 않다.

또 자신의 책 관권에 서울 주소만 되어 있으면 무조건 좋다고 자랑하는 사람이 있다. 어떤 조건으로 책을 출간했는지는 아무에게도 말하지 않는다. 이런 작가의 마음을 이용하기 위해 한때 지방 출판사조차 서울의 주소지를 하나 더 판권에 넣는 게 유행하던 시절이 있었다. 서울에서 책을 내니 때깔이 난다고, 그렇게 믿는 사람들의 허영심을 채워주기 위해서였다. 내 책이 서울 출판사에서 만들었을 때 독자에게 얼마나 도달하던가? 과연 그 출판사가 내 책을 독자들에게 알리려고 어떤 노력을 하는가, 이 정도는 알고 출간했어야 작가의 기본이다. 정말이지 이제 그런 세상이 아니다.

전국의 지역에도 책 잘 만들고, 열심히 활동하는 출판사가 정말 많이 있다. 우리 출판사에도 있다. 이름만 들어도 알 만한 작가지만 먼저 원고를 보여주는 분들이 있다. 지역에서 출판을 해도 좋은 작품은 많이 읽힌다. 당연히 좋은 콘텐츠는 우수도서 선정이나 명성 있는 큰 문학상을 받고, 해외에 저작권 수출까지도 한다. 주변을 둘러보면 많은 작가들이 지역에서 출판을 하고 기쁨을 누리는 것을 얼마든지 볼 수 있다.

이제는 출판사의 주소가 중요한 것이 아니다. 어디에서 책을 출간하든 좋은 콘텐츠에 출판사의 정성만 더하면 독자들의 사랑을 받는다. 세상이 그런 세상이다. 내 작품은 좋은데 지역 출판사라 안 팔렸다는, 제발 그런 생각을 버리자는 말이다.

출판의 도시 대구, 멋진 말이다. 나는 전화를 할 때 '대구 학이사'라고 분명히 말한다. 몰락한 양반집 종손의 얘기처럼 들릴지 모르나, 대구는 출판의 도시였다. 조선시대 경상감영에서 발간했던 영영장판嶺營藏版에서부터 근대에 국채보상운동을 주도한 김광제, 서상돈 선생의 광문사에 이르기까지, 예전부터 대구는 우리나라 지역 출판의 중심지였다. 조선시대에 전주의 완판본이 춘향전과 같은 상업용 출판이 활발했던 반면, 경상감영의 영영본은 동의보감이나 경전 등의 출판에 많이 치중되었다. 오늘날 대구에 첨단의료복지단지가 들어서고, 출판산업단지가 조성된 것도 이와 무관치는 않을 것이다.

이러한 대구 출판의 부흥은 조선시대와 근대에만 국한되지 않는다. 6·25를 지나 1980년대까지만 해도 문학과 잡지 출판의 메카로 불릴 만큼 출판문화가 번성하였다. 특히 6·25 피란 시절에는 행정의 수도와 더불어 우리나라 출판문화의 수도는 대구였다. 당시 서울의 출판사나 인쇄사가 대구역 근처에 자리 잡고, 정부의 간행물이나 문인들의 작품집, 삐라 등을 인쇄했다고 한다.

80년대는 출판의 천국이었다. 대구도 마찬가지였다. 옛날

이야기다. 아니, 전설의 고향에 나올 만한 이야기다. 1987년, 처음 출판사에 입사했을 때만 해도 초판을 무조건 3천~5천 부를 찍던 시절이었다. 지금의 초판 물량과 비교하면 꿈도 꿀 수 없는 시절이다.

당시 대구에는 전국을 상대로 영업하는 명망 있는 출판사가 여럿 있었다. 전국에서 이름만 들어도 아는 출판사들이었다. 그런데 지금은 다 사라졌다. 당시 동대구역 수하물 취급소에 가거나 정기화물 영업점에 가면 마음속으로 서로의 책 박스 개수를 비교하고, 어느 서점으로 가는지를 박스에 붙은 꼬리표로 확인하던, 그리운 시절이 있었다. 하지만 이제는 아련한 풍경과 함께 모두 이름만 머릿속에 맴돌 뿐이다.

이러한 영화를 다시 꿈꾸는 것이 결코 쉬운 일은 아니지만, 출판사의 노력과 지방정부의 도움이 있으면 이 또한 불가능한 일은 아니다. 필자가 한국지역출판연대 회장으로 있던 2020년, 대구 수성구에서 한국지역도서전을 열자고 손을 내밀어 주었다. 그래서 개최된 것이 '2020 대구수성 한국지역도서전'이다. 코로나로 인해 개최 시기를 세 차례나 연기하는 우여곡절을 겪었지만 수성못 일원에서의 야외 행사와 온라인 도서전을 융합한 새로운 도서전을 열었다.

이런 일은 지방정부의 도움 없이는 불가능하다. 우리가 원하는 것이 이것이다. 공공기관 종사자들은 물론, 지역민들이 함께 책에 관심을 가지는 큰 효과를 누릴 수 있는 게 도서전이다. 이것으로 이미 대구 수성구는 인문의 도시, 책의 도시로 자리 잡은 것이다. 이런 일을 할 수 있는 것이 지방정부의 역할이다.

다시, 지역출판의 시대다. 전국적인 현상이지만 최근 몇 년 사이에 대구에도 1인 출판사와 독립출판사가 많이 생기고 있다. 다들 열심히 하고, 잘 해나간다. 지금은 책을 좋아하고, 책이 가지는 물성만 이해한다면 사무실이나 물류창고를 갖추지 않아도 출판이 가능하기 때문이다.

누구나 작가가 되고 누구나 출판사를 운영할 수 있다. 소위 말하는 1인 출판의 시대이고 지역출판의 시대이다. 출판사가 서울에 있든 대구에 있든, 아무런 문제가 되지 않는다. 책만 좋아하고, 지역만 사랑하는 사람이라면 어디서든 가능하다.

다행히 대구에는 책을 좋아하는 사람들과 좋은 저자가 많이 있다. 또 지역에서 유일하게 출판 교육을 병행할 수 있는 대구출판산업지원센터가 있다. 이런 자원이 있는데 당연히 꿈꿀 수 있지 않겠는가. 출판사는 새로운 작가와 지역 콘텐츠를 발굴하고, 지방정부와 지역의 서점, 도서관이 지역민과 함께 마음을 모은다면 지역에서 모색할 수 있는 흥미로운 일은 반드시 있을 것이다. 그래서 늘 꿈꾼다. 다시, 출판의 도시 대구를.

2부

지역에서
책으로 행복하기

학이사독서아카데미

　　　　　학이사에는 '학이사독서아카
데미'라는 서평 쓰기 교실이 있다. 2016년 4월에 제1기 개강
을 시작으로, 2021년까지 7기를 배출했다. 매 기수 15명이 모
여 서평 쓰기 공부를 통해 제대로 된 책 읽기 방법을 배운다.
수강에는 어떤 자격도 없다. 무조건 책을 좋아하는 사람 선착
순 15명이다. 읽고 나면 그만이던 것을 온전히 내 것으로 받
아들이기 위해 책을 읽고 서평을 쓴다.

　2015년 12월, 서울에서 서평 쓰기 강좌가 열린다는 광고를
보고 많이 부러웠다. 정말이지, 가까우면 등록해서 배우고 싶
었다. 서울까지 갈 수 없으니 직접 강좌를 개설해서 배우면
좋겠다는 생각에 문무학 시인에게 부탁하자 흔쾌히 승낙했
다. 방송에서 매주 한 권의 책을 소개하는 프로그램을 7년간
맡은 경험이 있었으며, 아주 적극적인 독서운동을 하는 분이
라 적임자라 여기고 부탁했다.

시인은 강좌를 맡는 대신에 두 가지 조건을 제시했다. 대구에서 최고의 수강료를 받을 것과 당신의 강사료는 물론 출판사에서도 한 푼도 가져가지 말고 수강생과 지역의 독서운동을 위해 사용하자고 했다. 우리는 흔쾌히 의기투합했고, 일사천리로 일은 진행되었다. 그래서 수강료는 강의 때마다 퇴근 후의 허기를 달래줄 간단한 음식과 음료, 책 선물과 문학작품 배경지 답사 등 모두를 위한 곳에 다 사용한다.

학이사독서아카데미는 책을 통해 개인과 지역이 함께 발전하길 바라는 마음에서 출발했다. 지역출판사는 지역민과 함께 살아가기에, 보답하는 길은 독서를 통해 행복할 수 있도록 하는 일이라 생각했다. 막상 시작하고 보니 호응이 대단했다. 멀리 경주나 구미에서, 일흔의 연세부터 대학생까지, 그 연령과 직업 또한 다양한 분들이 참석했다.

강의는 매주 목요일 오후 7시부터 9시까지, 3개월에 걸쳐 12강으로 완성한다. 처음 시작하던 2016년과 2017년에는 4월과 9월, 1년에 두 차례 강좌를 개설했다. 2017년까지 4기를 배출하고 나니 수료생의 숫자가 많아 2018년부터는 한 해에 한 기수씩만 배출했다. 2020년 봄에는 코로나라는 복병으로 인해 개설을 할 수 없었던 것을 2021년 9월에 7기를 개설, 수료했다.

강의에서는 특별히 무엇을 주문하거나 요구하지 않는다.

스스로 읽고 쓸 마음이 생기도록 도와줄 뿐이다. 그래도 3개월이 지나면 서평 한두 편씩은 거뜬히 써 낸다. 그러면 수료생들만의 서평집을 발간, 시중에 유통까지 연결한다. 그 책이 수료생들에게는 독자에서 작가로 거듭나는 새로운 길을 열어 준다.

책으로 노는 사람들

'한 달에 한 권이라도 고전을 읽는다면, 내 삶은 어떻게 변할까?'

'책으로 노는 사람들'은 그것을 시행한다. 독서동아리 책으로 노는 사람들은 학이사독서아카데미를 수료한 사람들의 모임이다. 학이사의 가장 큰 힘이자 자산이다. 이들이 있어 학이사에서는 책과 관련된 어떤 행사든 도모할 수 있다. 책으로 노는 사람들. 이름 그대로 책과 함께 즐겁게 놀자는 뜻이다. 2016년 학이사독서아카데미 1기가 수료하면서 자연스럽게 생겼다. 회원들은 매월 셋째 월요일에 만나 동서양 고전을 읽고 토론한다. 그것도 책에 대한 흥미와 삶의 지혜를 얻기 위해 문학작품 중 소설로 한정해 읽는다.

2016년 7월부터 지금까지 꼭 두 번을 제외하고는 어떤 방식으로든 열리고 있다. 대구에 코로나가 기승을 부리던 2020년 3월과 4월이다. 당시에는 두렵기도 했지만 온라인 토론 방법을 몰라서 시행할 수가 없었다. 이후부터는 회원들의 단체 톡을 이용해 비대면 독서토론을 이어가다가 줌이 널리 퍼지자 온라인 줌으로 진행하기도 했다.

한 달에 한 권의 소설을 읽는다는 것은 새로운 발견이다. 학창시절에 이름과 줄거리만 들었던 세계의 명작을 다시 읽고, 토론을 하면서 지금의 내 삶과 시대를 비교하는 것은 특별한 재미가 있다. 책 한 권이, 문학이라는 예술이 얼마나 중요한 것인가를 깨닫게 한다.

특히 우리나라의 고전을 읽고 그 작품의 배경지를 찾아 떠나는 문학기행은 특별한 의미가 있다. 누구나 내용을 다 안다고 여기지만 제대로 원전을 읽은 이가 드문 『춘향전』이나 『흥보전』 등의 원본 해설집을 읽는다. 그리고는 『춘향전』의 배경지 남원을, 김동리의 『무영탑』을 읽고는 경주를, 일연의 『삼국유사』를 읽고는 군위 인각사를 찾는 등 그 작품을 온전히 내 것으로 얻기 위해 그 탄생 현장을 찾아 되새긴다.

아직은 고전의 반열에 들지 않았지만, 노벨문학상 수상작이나 우리 사회에서 널리 회자되는 작품을 읽고 현장을 찾기도 한다. 권비영 작가의 『덕혜옹주』를 읽고는 덕혜옹주가 머물던 '대마도 하루 만에 다녀오기'를, 김훈의 『현의 노래』를 읽고는 고령을 찾았다. 코로나로 2년을 멈추었던 것을 다행히 2022년 6월에는 전북 고창을 다녀올 수 있었다. 이 외에도 화원유원지 등에서 시행한 '숲속에서 책 읽기'와 동대구역에서 부산 기장까지 완행열차를 타고 가면서 책을 읽는 '완행열차 타고 책 읽기' 등 다양한 방법으로 책을 가지고 즐겁게 논다.

내가 읽은 책

학이사독서아카데미에서 서평 쓰기를 수료하면 각종 매체에 서평을 쓸 기회가 주어진다. 대표적인 지면이 매주 토요일에 연재하는 매일신문의 '내가 읽은 책'이다. 2017년 5월에 시작해서 2022년 6월 현재 240회를 연재 중이다. 토요일이 명절이나 공휴일 등 신문이 휴간하는 날이 아니면 한 주도 빠지지 않았다.

글쓴이 이름 뒤에는 '학이사독서아카데미 회원'으로 표기된다. 모두 이것을 자랑스럽게 생각한다. 이 기회가 회원 개인이나 출판사에는 큰 기쁨이다. 놀라운 것은 1기부터 7기까지 수료한 회원들이 번갈아 서평을 써 연재하지만, 200회를 넘긴 지금까지 단 한 권의 책도 중복되지 않았다는 사실이다. 그래서 200회까지의 원고를 모아 『200권의 책, 200가지 평-

내가 읽은 책』이라는 제목으로 단행본을 출간했다.

지역의 언론은 출판사와 떼려야 뗄 수 없는 관계이다. 특히 신문은 지역출판사의 신간 소개는 물론, 행사까지 홍보 역할을 톡톡히 해 준다. 신문에 신간이 소개되고 행사가 알려진다는 것은 지역 사회에서 큰 역할을 한다. 그래서 예부터 '신문에 날 일이다'라고 하지 않던가.

종이 신문의 구독이 많이 줄었다고 하지만, 아직도 신문을 보고 많은 사람들의 연락이 온다. 반갑고 고마운 일이다. 또 인터넷 기사로 영원히 남아 검색되고 있기에 작가나 출판사에 큰 용기를 준다는 사실만으로도 지역 언론의 소중한 역할을 다하는 일이다.

그중에서도 매일신문과의 관계는 각별하다. 그 중심에는 조두진 논설위원의 지역출판과 독서에 대한 관심이 큰 작용을 했다. 소설가로도 널리 알려진 그는 지역의 문화와 환경에 많은 관심을 쏟는다. 누구보다 지역을 사랑하는 사람이다. 5년째 이어지고 있는 '내가 읽은 책'을 시작할 때도 당시 문화부장이던 조두진 논설위원의 배려가 있었기에 가능한 일이었다.

매일신문은 학이사와 사랑모아통증의학병원이 시행하는 '사랑모아독서대상'의 공식 후원사이기도 하다. 지역의 작은 출판사가 시행하는 이런 행사에 지역의 신문사가 공식 후원을 하는 경우는 쉬운 일이 아니다.

매일신문을 후원 언론사로 이름을 올리면 큰 힘이 될 수 있겠다는 말을 꺼냈을 때, 잠시의 망설임도 없이 "지역의 언론사가 지역의 문화를 키우지 않으면 누가 하겠습니까?"라는 대답이 돌아왔다. 모든 것은 자신이 절차를 밟아 해결해 줄 테니 우선 사용하라던 그 순간이 아직도 생생하다.

이런 매일신문의 전폭적인 지지가 있어, 한국출판학회도 후원 단체로 이름을 올릴 수 있었고, 사랑모아독서대상이 전국적인 독서행사로 명성을 얻을 수 있었다. 언제까지 매일신문에 '내가 읽은 책' 지면이 주어질지는 알 수 없는 일이다. 지금까지, 200회를 훨씬 뛰어넘는 배려만 해도 학이사독서아카데미가 지역에서 독서단체로 자리를 잡는데 큰 역할을 했다. 아주 고마운 일이다.

글을 연재하면 출판사로 한 달 치의 고료가 들어온다. 한 편의 고료는 5만 원이다. 200회만 계산해도 1천만 원이라는 큰 돈이 인세의 명목으로 회원들에게 돌아갔다. 모두에게 기쁘고 고마운 돈이다. 어떤 회원은 인세 통장을 별도로 만들어 한 번씩 꺼내보며 기쁨을 누리기도 한다.

이런 일은 책을 읽고 서평을 쓰는 사람에게도 큰 힘이 되지만, 지역민에게도 책에 대한 관심을 유발하는 데 좋은 기회가 된다. 그래서 함께 읽기가 중요한 일이다.

사랑모아독서대상

　　　　　　　　　　'사랑모아독서대상-서평'은
전국의 지역출판사가 발행한 도서를 대상으로 공모하는 서평
대회이다. 2017년 제1회를 시작으로 2021년까지 5회를 거듭
했다. 학이사독서아카데미와 사랑모아통증의학병원이 주최
하고 매일신문, 한국출판학회, 한국지역출판연대가 후원한
다.

　책은 서울과 경기를 제외한 전국 지역출판사 책을 대상으
로 하지만, 응모자는 만 18세 이상 전 국민이 참여할 수 있는
전국적인 행사이다. 전국의 지역출판사를 독자에게 알리고,
자신이 사는 지역에 좋은 작가와 출판사가 있다는 것을 알리
는 역할을 한다. 지역에서 저마다 특색 있는 출판물을 발간하
는 지역출판사를 격려하자는 뜻이 크다.

　사랑모아독서대상은 사랑모아통증의학병원의 백승희 원장
의 도움으로 시행한다. 지역의 독서문화 활성화를 위해 후원
한다. 감사한 마음에 대회 이름을 병원에서 따왔다. 사랑모아
라는 병원 이름이 따뜻해 쉽게 대회 명칭을 정할 수 있었다.

　백승희 원장은 의사이자 작가이다. 의사로서 병원의 일상
을 그린 수필집 『사랑모아 사람모아』를 시작으로, 청소년 소
설 『내 친구 봉숙이』와 소설 『마지막 퍼즐』을 출간한 중견 작

가이기도 하다. 지금도 엄청난 양의 독서와 집필을 한다. 그 외에도 지역을 위해 많은 봉사 활동을 한다.

지역과 독서를 사랑하는 전국의 많은 사람들이 지역출판사 책을 읽고 서평을 보내온다. 대상인 '사랑모아독서대상'의 수상자를 보면 1회 대회에서는 경기도 용인에 사는 주부가, 2회에는 경남 창원의 대안학교 교사가, 3회 대회에는 안동대에서 늦깎이 대학원생으로 공부하는 독자가, 4회에는 창원의 작은도서관 관장이, 5회에는 대구의 아동문학가가 수상했다. 이들은 이 상을 계기로 자신의 지역에서 더 많은 독서운동을 펼치고 있다.

이 대회 상의 구성은 대상인 사랑모아독서대상과 한국출판학회장상, 학이사독서아카데미상을 비롯하여 20여 개의 대구 지역의 기업 이름을 딴 기업독서상을 시상한다. 한 명이라도 더 책을 읽는 사람들을 격려하고, 사내 독서운동을 조성하기 위한 것이 기업독서상이다. 대구지역의 기업 20여 곳이 책 읽는 사람들을 격려하기 위해 후원한다.

이 기업 독서상은 수상자는 물론, 후원하는 기업에서도 사내 독서활동으로 이어진다. 기업 대표가 직접 시상식에서 수상자에게 시상하도록 한다. 그래서 기업 대표가 독서의 중요성을 더 깨닫게 하고, 수상자에게는 그 기업이 어떤 기업인지를 알 수 있게 하여 인연을 맺어준다. 이것이 지역 사회와 기업에 독서운동으로 번진다.

사내 독서동아리를 만들기도 하고, 회의를 시작하기 전에 시를 한 편씩 읽고 시작하는 기업도 생겼다. 다른 사람들 앞에서 시를 읽는다는 것을 처음에는 쑥스럽게 여기던 직원들이 회를 거듭할수록 좋은 시를 읽기 위해 시집을 찾아 읽고, 휴게실에 작은 도서관을 만들기도 했다는 반가운 소식도 들린다.

코로나로 어려웠던 2020년에는 행사 주최자로서 기업들의 어려움을 고려해 기업독서상은 한 해를 쉬겠다고 통보했다. 그러나 모든 기업이 힘든 때일수록 책으로 희망을 찾는 사람들을 응원하자는 의견이 있어 그대로 시행할 수 있었다. 참 고마운 일이다. 이 기업독서상에 참여하려는 회사는 해마다 늘어나고 있다. 하지만 대회 운영상 더 많은 기업의 마음을 다 받지 못하고 있다. 가장 큰 이유가 시상식의 시간이 너무 많이 걸리기 때문이다.

매회 23명이 수상하는 시상식은 말 그대로 잔치다. 전국의 수상자와 지역출판사 관계자들, 한국출판학회 회원들과 시상 기업 대표들이 모이는 전국 행사로 펼쳐진다. 모이는 인원이 많아 출판사에서 시상식을 치루지 못한다. 그래서 인근의 대구출판산업지원센터 대회의실을 빌려 시행한다. 서로가 칭찬하고 격려하는 시간이다.

북디자인전 '전후좌우' 전

2017년 7월 1일은 학이사 10주
년이었다. 뭔가 사람들의 기억에 남을 수 있는 기획을 하고
싶었다. 그래서 생각한 것이 북디자인전이었다. 학이사 표지
를 전적으로 도와주는 대구예술대학의 박병철 교수가 디자인
한 책만 모아 북디자인전-'전후좌우' 전을 열었다. 대단한 반
응이었다.

표지를 디자인할 때는 몇 가지의 시안이 나온다. 책 표지로
최종 선택되지 않은 시안을 함께 독자에게 보이자는 것이었
다. 선택된 표지를 왜 출판사에서 사용했는지를, 독자 스스로
생각해 보게 하는 행사였다. 책의 진행과정을 알 수 있는, 어
디에서도 볼 수 없는 기획으로 평가되어 호응을 받았다. 대학
의 디자인학과 학생들과 각 도서관 관계자들, 중고등학교의
인문학 동아리 등 책과 관계가 있는 사람들의 단체 관람이 많
았다.

전시 기간인 7월 1일에는 학이사 작가 65명만 모시고, 당신
들이 학이사에서 출간한 책을 홍보하고 소개하는 글을 모아
발간한 『내 책을 말하다』 출판기념회도 가졌다. 오직 학이사
에서 출간한 작가만 모셨다. 그리고 학이사를 위해 도와주시
는 제지회사와 인쇄사, 제책사 등 관계자들만 모셨다. 그들에

게 감사한 마음을 전하고, 학이사에 협력하니 이런 기쁨을 주는구나, 하는 자부심을 갖게 하고 싶었다. 이 모든 분들 덕분에 학이사가 존재할 수 있었다. 그러니 모두가 학이사 식구들이다.

전시 기간 동안 지역출판사의 사명이 무엇인지, 앞으로 어떻게 해야 할지 답을 찾고 싶었다. 그래서 새로운 10년을 계획하고 싶었던 것이다. 또 2017년 7월 1일은 개인적으로 한 출판사에서 30년을 일한 날이기도 했다. 『논어』의 이립而立이라는 말이 떠올랐다. 사람 나이 30이 되면 학문이나 인생의 기초를 세운다는 말이다. 문득, 그 말이 누구에게나 해당되는 게 아니라는 생각이 들었다.

같은 일을 30년을 해도 어려운 사람이 있다. 돌아보니 그 선두에 내가 서 있었던 것이다. 30년을 편집자로, 영업자로 살았는데 책 만들고 파는 게 그렇게 서툴고 두렵다는 생각이 들었다. 그래서 돌파구를 찾기 위해 이런 행사를 열었던 것이다.

책으로 마음 잇기

4월 23일, 이날은 1995년 유엔 총회에서 유네스코가 제정한 '세계 책과 저작권의 날'이다.

우리가 흔히 '세계 책의 날'이라고 칭하는 날이다. 독서를 증진하고 책의 출판을 장려하며 저작권 제도를 통한 지적 소유권 보호를 촉진하기 위해 지정한 날이다.

대구시에는 청년정책을 담당하는 부서가 있다. 대구의 청년들이 지역에서 행복한 삶을 누릴 수 있게 하고, 선배가 되어서도 후배들과 함께 살 수 있도록 도와주는 부서이다.

이 청년정책과는 학이사와 관계가 깊다. 김요한 과장의 독서와 지역 사회에 대한 애정이 큰 몫을 한다. 그는 경제학자이지만 인문학적 소양을 두루 갖춘 사람이다. 무엇보다 지역과 청년에 대한 애정은 보는 것만으로도 감탄케 한다. 또 학이사에서 진행하는 독서행사에는 모두 참석한다. 세계 책의 날 기념으로 진행하는 '대구, 책으로 마음 잇기' 행사 역시 김요한 과장의 아이디어다.

학이사에서는 세계 책의 날에는 시민들에게 책과 장미를 나누고, 인근 초등학교 어린이를 불러다가 아동문학가와 즐거운 시간을 갖게 한다. 또 어린이들에게 책의 날에 대한 의미를 알려주고, 작가의 책을 선물하고, 시민들에게 특강을 하는 행사가 주류를 이루었는데, 김요한 과장의 아이디어로 '책으로 마음 잇기' 코너를 추가한 것이다.

'책으로 마음 잇기'는 그냥 책을 한 권씩 선물하자는 것에서 더 나아가, 내가 아끼고 좋아하는 책에 선물하는 이의 마음을 담는 일이다. 책의 날 저녁에 학이사 도서관에 모여 선물하고 싶은 책 한 권을 들고 와 책에 자신의 마음을 전할 수 있는 글을 적고, 받은 이는 10일 이내에 어떠한 방식이든 독후의 인사를 하게 하는 방식이다. 방법은 메일이 될 수도 있고, 간단한 문자가 될 수도 있다.

이것은 누가 누구에게 일방적으로 주는 것이 아니다. 각자가 좋은 책 한 권씩을 들고 와 한자리에 모아두고 제비뽑기로 가져간다. 무슨 책이, 어떤 인연이 나에게 돌아올지는 아무도 모른다. 어떤 책이 오든지, 따뜻하고 즐겁다. 이 행사가 실제 좋은 인연을 맺어주기도 했다.

지난 2년 동안은 코로나 때문에 사람이 모이는 행사를 치를 수 없었다. 2020년에는 생각할 겨를도 없었지만, 1년이 지나니 좀 적응이 되었다. 그래서 독서운동에 관심이 많은 용학도서관 김상진 관장과 김요한 대구시청년정책과장과 함께 행사를 고민했다. 코로나로 만날 수 없는, 이렇게 힘든 시기에 책으로 출구를 찾아보자고 했다.

새롭게 시작한 방법이 챌린지다. 대구 선배들이 대구 청년들을 책으로 응원하는 '책으로 마음 잇기' 행사를 온라인으로 진행해 보자고 생각을 모은 것이다. 모두가 답답한 시절에, 그렇게라도 우리가 할 수 있는 일을 찾은 것이다. 챌린지를 받은 사람은 다른 두 사람을 지목하고, 누구든 자신이 아끼며, 권하고 싶은 책을 대구 청년을 위해 청년센터에 택배로 보내주는 방법이었다. 책 사진을 SNS에 올리고 내용을 간단히 소개하는, 그렇게 비대면으로 책도 읽고 서로를 응원하는 방법이었다.

코로나 퇴치 기원 '4+23 전시'

해마다 4월 23일이면 학이사는 어떤 형태든 학이사독서아카데미 회원들과 함께 책의 날을 기념한다. 그러다 2020년 4월에는 대구에 코로나가 갑자기 닥쳐 아무것도 할 수 없었다. 정신을 차릴 수가 없었다. 그나마 2021년에는 코로나가 끝나지 않았지만 작게나마 책의 날 행사를 기획했다.

그래서 이상화 시인의 생가터에 위치한 북카페 라일락뜨락 1956에서 세계 책의 날 기념 "코로나19 퇴치 기원 - 2021 세계 책의 날 기념 향토작가 '4+23' 초대 도서전"을 개최했다. '4+23'은 4월 23일을 형상화한 것으로, 23일부터 30일까지 도서를 전시하고, 작가와의 만남 시간을 가졌다.

코로나 영향으로 많은 사람이 모일 수 없다는 점이 행사 진행에 큰 걸림돌이었다. 그래도 책의 날을 그냥 넘어가기가 아쉬워 생각한 것이 이 행사다. 세계 책과 저작권의 날인 4월 23일을 알리고, 민간에서 작게나마 방역 수칙에 어긋나지 않도록 하는 행사가 무거운 사회 분위기를 조금이라도 바꿀 수 있겠다는 생각이었다.

상징적으로 '4'에는 학이사에서 대구의 코로나19를 기록한 대구시민 51인의 기록『그때에도 희망을 가졌네』, 대구의 코로나 치료 현장에서 활동한 의료진 35인의 기록『그곳에 희망을 심었네』, 대구 시인들의 코로나 시집『아침이 오면 불빛은 어디로 가는 걸까』, 대구 남구의 코로나 기록『등불은 그 자체로 빛난다』를 선정했다. 또 '23'에는 지역 작가 중 독서운동에 영향을 끼칠 수 있는 23명의 책 표지를 액자로 만들고, 실물 도서와 함께 전시해 시민들이 관람할 수 있게 했다.

23명의 참여 작가로, 시에는 문무학 이해리 채형복 김종필 김창제, 산문에서는 임언미 임창아 천영애 박기옥, 아동문학에서는 권영희 이초아 한은희 정순희 권영세 서미영 손인선 심후섭, 인문에는 윤일현 이재태 정홍규 최상대, 소설에는 장정옥 씨의 작품집을 선보였다. 전시 개막일인 4월 23일에는 전시장에서 선착순으로 27명에게 장미를 한 송이씩 선물하기도 했다.

작가와의 만남은 방역수칙에 따라 유튜브 중계 형식으로 진행했다. 권영희 동화작가와 김종필 시인, 최상대 건축가,

장정옥 소설가, 임창아 작가를 모시고 손인선 아동문학가의 진행으로 독자와의 만남이 이루어졌다. 비록 비대면이지만 행사가 열리기 시작한다는 데 많은 사람들이 반가워했다.

대구울트라독서마라톤대회

사람들은 지금까지 없었던 재미를 찾아 행하고, 더 즐거워한다. 책 읽기도 마찬가지다. 예전에는 혼자서 읽던 것을, 이제는 모여서 읽는다. 심지어는 집에서 온라인 독서토론을 하는데도 내 돈을 내면서 읽는다. 소속감과 책을 읽는 사람들과 함께한다는 자긍심을 가지기 위함이다.

혼자서는 여럿이서 함께하는 것보다 무엇이든 쉽지 않다. 내가 좋아하는 것을 하면서, 다른 사람의 생각도 듣고 서로 격려할 수 있다는 것은, 살아가는 데 참으로 큰 힘이 된다. 얼마나 멋진 일인가.

특별히 아끼는 메달이 있다. 기념품이나 상패 같은 것을 챙기기를 좋아하지 않는 성격인데, 이 메달만은 책상 앞에 걸어두고 매일 본다. 바로 '2019 울트라독서마라톤' 완주 메달이다. 울트라독서마라톤대회는 한국출판문화산업진흥원이 전국의 독서고수들을 위해 처음으로 대구에서 연 특별한 행사였다.

2019년 10월 12일 오후 12시부터 13일 오후 12시까지 동대구역 광장에서 열린 이 행사의 방식은 신청자 300명이 모여 24시간 동안 잠시도 졸지 않고 책을 읽는 것이다. 학이사독서아카데미 회원들도 단체로 참가했다. 10월이지만 날씨가 많이 쌀쌀했다. 그래서 대형 텐트 안에서 진행했는데, 전국에서 행사에 참가하려고 많은 분들이 오셨다. 특히 어린아이를 데리고 와서 몇 시간 책을 읽다가 가는 가족이 많았으며, 초등 저학년 아이와 엄마가 24시간 완주를 하는 경우도 있었다. 이 아이들은 이번 경험으로 책 읽기에 대해 얼마나 자긍심을 가질까 생각하니, 많이 부럽고 대견스러웠다.

처음 시작은 아주 신이 났다. 50분 읽고 10분을 쉬는데, 처음 서너 시간은 쉬는 시간에도 쉬지 않고 책을 읽었다. 대회 규칙은 엄격했다. 잠시라도 졸거나 딴짓을 하다 세 번 발각되면 퇴장을 해야 했다.

밤 열두 시가 지나자 서서히 잠이 오기 시작했다. 십 분 쉬는 시간마다 동대구역 광장의 찬바람을 쐬고, 또 50분을 견뎌야 했다. 이때부터 포기하는 사람이 생기기 시작했다. 그래도 우리는 서로 격려하며 잘 견뎠다.

문제는 7시쯤 아침 식사를 마치고 나서부터였다. 잠이 올

것 같아 주는 음식을 간단히 먹었는데도, 그것이 실수였다. 배가 부르자 졸음이 쏟아지기 시작했다. 기지개를 켜고, 얼굴을 쓰다듬고 해도 쏟아지는 잠을 막을 수는 없었다. 나도 모르게 졸다가 주의도 받았다. 그래도 20시간을 달려왔는데 포기할 수는 없었다. 다른 회원들에게도 격려가 필요했다. 그렇게 24시간이 지나고, 마치는 종을 칠 때의 기분은 정말 좋았다. 마치 큰일을 이룬 것 같은 성취감을 느낄 수 있었다.

이렇게 신나는 일을 대구시에 연례행사로 열어줄 것을 부탁했고, 긍정적 답변을 받았다. 그러나 코로나 때문에 한 번에서 끝이 났다. 이런 행사는 책 읽는 사람 개인의 성취와 더불어 대구시도 아주 좋은 홍보거리가 된다.

역 광장을 나서면서 가장 먼저 많은 사람들이 모여 책을 읽는 풍경을 봤을 때의 느낌은 어떨까. 그 풍경을 본 사람들이 생각하는 대구는 어떻겠는가. 그것은 어떤 홍보물로도 대체할 수 없는 대구의 자랑이 될 것이다.

그들이 대구에 대한 기억으로 책 읽는 도시를 생각한다면 얼마나 품위 있는 도시가 되겠는가. 300명이 광장에 모여 함께 밤을 새우며 책을 읽는 광경, 상상만으로도 벅차고 즐겁다. 무엇으로 독서의 중요성을 이보다 더 잘 표현하겠는가.

독서운동은 이래야 한다. 소소하게도 하고 웅장하게도 펼쳐야 한다. 책을 읽어야 훌륭한 사람이 된다는 그런 말이 아닌, 이런 살아있는 현장을 보여주고 참여케 해야 한다. 보고, 느껴서 시작하게 해야 한다. 보여주기 행사라고 해도 괜찮다.

한 시간을 읽다 바쁜 일이 있어 가도 좋고, 24시간을 읽어도 좋다. 시간의 길고 짧음, 참여하는 사람의 숫자가 뭐 그리 중요하겠는가. 두 사람이면 어떻고 두 시간이면 어떻겠는가. 책으로 함께 마음을 잇고 함께 소통할 수만 있다면.

인형극 '마리오네트의 놀라운 세상'

2018년 5월이었다. 학이사의 어린이 도서 임프린트 '학이사어린이' 탄생 기념으로 어린이날을 맞아 지역의 어린이들에게 뭔가 특별한 선물을 하고 싶었다. 그때 문경 아라리오인형극연구소의 최상균 감독이 세계적인 인형예술가인 러시아의 니콜라이 지코프 씨를 초청해 전국 순회공연을 하고 있다는 소식을 들었다.

우선 이 인형극을 보고 결정해야겠다는 마음으로 문경까지 가서 직원들과 단체 관람을 했다. 공연을 보고는 많이 놀랐다. 그동안 막연히 생각하던 작은 인형이 아니라 대형 풍선인형을 사용한, 아주 행동이 큰 인형극이라 어른이 봐도 재미있었다.

그래서 최 감독과 의논해 학이사도서관에서 어린이들을 초청해 공연을 보여주기로 했다. 당연히 무료 공연이었다. 다른 곳에서는 유료였지만 학이사에서는 전문 공연장도 아니고 보답의 차원에서 하는 것이라 무료로 하였다. 학이사에서 다양한 어린이 책이 발간되고 판매되는 이유가 어린이들 덕분인데, 출판사 인근의 어린이들에게게라도 보답하자는 생각을 했기 때문이다.

2018년 5월 12일 토요일 오후, 학이사도서관에서 니콜라이 지코프의 인형극 '마리오네트의 놀라운 세상' 을 펼쳤다. 마침 지역 언론에서도 보도가 있었고, 주변 어린이단체에 홍보한 덕분에 약 70명의 어머니와 어린이가 모여 관람했다.

신나는 음악과 함께 공연이 시작되자 아이들은 뛰고 춤추며 아주 신나게 공연을 즐겼다. 공연이 끝나고 안 사실이지만 출판사에서 공연을 공짜로 한다니 분명히 책을 판매할 것이라는 선입견으로 오지 않은 분들이 많았다는 것이다. 이런 기회에 한 명의 어린이라도 더 볼 수 있었으면 좋았을 텐데 하는 아쉬움이 있었다.

공연을 마치고 나가면서도 어머니들끼리 '이상하다, 책 사라고 하지 않네' 라고 수군거리는 말을 들으며 알 수 있었다. 문제는 그다음 월요일이었다. 소문을 들은 어머니들의 항의 전화가 많았다. 이런 좋은 공연을 몰라서 못 왔다는, 최소한

구청 소식지에라도 실어 알려야 하지 않느냐는 식의 항의였다. 어떡하겠는가, 우리가 홍보할 수 있는 방법은 주변의 어린이 단체와 연관 있는 분들밖에는 어찌할 수가 없는 일이었다.

우리도 좋았다. 아이들이 그 화려한 인형극을 보고 즐거워할 수 있었다는 것에서 지역의 출판사 역시 큰 보람이었다. 그래서 지역출판사를 아껴주시고, 아이들에게 지역의 출판사 책도 읽을 수 있는 기회를 어머님들께서 좀 만들어 달라고 부탁했다.

한국출판학회상

2017년 2월 24일, 분에 넘치는 상을 받았다. '제37회 한국출판학회상-기획·편집 부문' 이 그것이다. 지역 출판사가 출판학회상을, 그것도 기획·편집 부문이라는 출판사에서 가장 자랑스러워하는 상을 받은 것이다.

한국출판학회상은 (사)한국출판학회가 1972년에 제정한 상으로, 출판문화와 출판학의 발전에 크게 공헌한 인사 및 단체에 시상하는 상이다. 기획·편집, 저술·연구, 경영·영업, 특별공로 등 4개 부문에 대해 시상하는데, 기획 편집 부문은 학이사가, 경영 부문은 비상교육, 특별공로 부문은 대한출판문화

협회가 수상했다. 이해에는 저술 연구 부문의 수상자가 없었다.

2016년 연말에 수상자로 선정되었다는 연락이 왔다. 그때 첫마디가 받을 수 없다며 사양했다. 솔직한 심정이었다. 한국 출판학회상을 학이사에 준다면, 그 상의 권위가 떨어진다는 생각이 욕심보다 앞섰다. 그래도 이미 모든 것이 선정위원회에서 결정되었다기에 시상식에 참석했다.

시상식에서 국내 출판계의 원로들을 만날 수 있었다. 모두 지역출판사에서 장한 일이라며 격려해 주신 덕분에 용기를 얻을 수 있었다. 지역 언론에서도 크게 소개해 주었고, 자긍심을 가지기 위해 명함이나 책 박스에까지 '제37회 한국출판학회상 - 기획·편집 부문 수상'이라고 새겼다. 그 문구를 보면서 스스로 자신감을 키웠다. 지금도 출판사 소개를 할 때 이 상을 가장 자랑스럽게 여긴다.

이 상을 계기로 지역에서 출판사가 해야 할 일이 무엇인가를 다시 생각하는 기회가 되었다. 학이사가 지금도 자긍심을 가지고 일할 수 있는 계기를 만들어 준 상이다.

3부

잊을 수 없는 책

그때에도 희망을 가졌네

코로나19, 그것은 길고도 어두운 터널이었다. 언제부터 시작해 지금까지 왔는지, 잘 기억도 나지 않는다. 누가 언제 어떻게 될지 모르는 상황이었고 한 치 앞을 볼 수 없는 절망감만 엄습했다.

그저, 강 건너 불구경이 될 거라 여겼던 일이 어느 날 갑자기 우리 일상을 멈추게 할 정도로 강력하게 들이닥쳤다. 그것도 대구에서 가장 뜨겁게 불이 붙었다. 해외에서 들어온 몇 명에서 시작된 것이, 어느 날 31번이라는 숫자가 입에 오르내리면서 대구는 전 세계의 주목을 받는 도시가 되었다. 시민들은 당황했다. 거리는 텅 비었고, 많은 가게의 문이 굳게 닫혀서 열릴 줄을 몰랐다. 뉴스에는 늘 지나면서 보던 병원의 아수라장 같은 모습만 비췄고, 근거 없는 온갖 소문만 SNS에 떠돌았다.

대구를 봉쇄한다더라, 사람들이 사재기 해서 마트에 식자재 코너가 텅 비었다더라, 누가 어떤 목적을 위해 일부러 균을 퍼뜨렸다고 하더라, 무엇을 먹으면 낫는다더라 등 정신을 차릴 수 없을 정도로 온갖 소문이 다양한 경로로 들려왔다. 그때 기적이 일어났다. 확진자의 숫자가 기하급수적으로 불어날 때 시민들은 거꾸로 차분하게 돌아섰던 것이다. 우주복 같은 옷을 입었던 의료진들이 추운 날씨에도 땀에 푹 젖어 나오는 모습, 전국에서 대구를 위해 몰려드는 의료진과 119구급대원들, 각지에서 보내오는 후원 소식은 시민들에게 새로운 희망을 주고 믿음을 주기에 충분했다.

당국의 요청에 따라 외출을 삼갔고, 사회적 거리두기와 개인 위생에 철저를 기했다. 그러면서 서서히 생기를 얻어 이런 상황에서 자신이 다른 사람을 위해 할 수 있는 일을 찾기 시작했다. 함께 어려움을 겪는 내 이웃을 배려하기 시작한 것이다. 시민들은 대구를 위해 할 수 있는 일을 스스로 시작했다.

부족한 마스크를 한 장이라도 더 만들어 불우한 이웃에게 전달하려고 밤새 재봉틀을 돌렸고, 폐점 상태인 식당에서는 도시락을 만들어 고마운 분들에게 전달하고, 문을 닫은 카페에서는 커피를 만들어 의료진에게 감사의 마음을 전달하는 등 따뜻한 소식이 봄바람과 함께 들려왔다.

이것도 할 수 없는 시민들 사이에서는 부족한 마스크 양보

하기, 나보다 더 어려운 이웃을 위한 모금활동이 자연스럽게 생겨났다. 이 모든 일이 어둡고 긴 터널을 빠져나갈 수 있겠다는 희망과 용기를 서로에게 전해준 것이다.

고마웠다. 참으로 고맙고 또 고마웠다. 그래서 지역의 출판사가 지역을 위해 할 수 있는 역할을 고민하다가 결정했다. 지금 이 순간을 기록으로 남겨 훗날 모두에게 타산지석으로 삼게 하자고. 그래서 아무리 어려운 일이 닥쳐도 다시 일어설 수 있는 용기를 만들어 보자고 생각했다.

이 일만은 지역출판사가 할 수 있고, 지역출판사가 해야 할 소명이라 여겼다. 머지않아 이 시간은 지나갈 것이다. 그리고 사람들의 기억에는 과거로만 남을 것이다. 그렇게 되기 전에 기록으로 남기기로 했다. 모두가 힘들고 어렵지만 이를 기회로 서로 위로하기로 했다.

그래서 각기 다른 분야에 종사하는 대구시민 50명의 아픔을 모으기로 했다. 모두의 아픔을 다 들을 수는 없지만 최대한 다양한 분야의 목소리를 직접 듣고 남기고 싶었다. 그래서 카톡으로 원고 청탁서를 돌렸다. 우편이나 메일을 쓸 마음의 여유가 없었다. 그렇게 엮은 것이 이 책이다. 식당이나 세탁소 등 자영업을 하는 소상공인과 각 분야에서 자신의 일을 묵묵히 하던 시민 51명에게 닥친 생활의 변화를 모았다.

모든 분들의 글에서 진심을 읽을 수 있었다. 엄마를 모셔둔

요양병원에서 집단 감염이 발생해 다른 병원으로 옮기는 것을 보고도 가까이 갈 수 없어 멀리서 바라보며 울던, 그 미안함에 엄마의 어린 시절을 급히 그림책으로 엮어 전달한 딸의 마음, 여행사를 하다가 문을 닫고 새벽 배송을 나선 여행사 대표님, 개학을 하지 않아 아이들만 집에 두고 출근해야 하는 워킹맘의 심정 등 51가지의 다르지만 같은 아픔을 읽었다.

여기에서 반전이 있었다. 모두가 이 순간에도 좌절하는 것이 아니라 이를 계기로 더 밝은 꿈을 꾼다는 놀라운 사실이었다. 또 나보다는 내 이웃을 더 염려한다는 큰마음이 글 속에 있었다. 이렇게라도 마음을 다 털어내니 살 것 같다고, 속 시원히 내뱉고 나니 새로운 꿈을 꿀 용기가 생겼다고 고마워하면서 용기를 주셨다. 함께 다시 일어서자고.

이런 마음이 모이자 끝나지 않을 것 같던 어둠도 걷히기 시작했다. 원고를 마감하기로 한 2020년 4월 10일, 발병 51일이 되는 날에 드디어 대구에 코로나19 신규 확진자가 한 명도 나오지 않았다는 질병관리본부의 발표가 있었다. 그때 51일간이나 갇혀 있던 어두운 긴 터널의 출구를 본 것이다. 이 기쁜 날을 맞아 출판사에서도 급히 51이라는 반가운 숫자를 맞추기 위해 한 분을 더 섭외했다. 그래서 꽃집을 운영하는 분이 두 분이다.

그것은 희망의 불빛이었다. 시민들은 환호했다. 우리가 해

낸 것이다. 언제 감염될지 모르는 그 무섭고 두려운 치료현장에서 기하급수적으로 쏟아지는 환자를 감별하고 치료한 의료진들, 전국에서 달려와 준 119구급대원과 의료진들, 스스로 정부의 통제에 질서 있게 행동지침을 잘 따라준 모든 시민들이 고맙고 또 고마웠다.

이들과 함께 대한민국에 산다는 것, 대구시민으로 산다는 것이 자랑스러웠다. 이번을 계기로 어떤 어려움이 닥쳐도 마음을 모으면 이길 수 있다는 확신을 가졌다. 출판사에서도 이 모든 분들의 고마움을 잊지 않기로 했다. 이 책을 시작으로 자신의 안위를 생각하지 않고 험지에 뛰어들어 치료의 최일선에서 애써주신 고마운 의료진의 이야기 등 여러 분야에서 경험한 내용을 책으로 엮어 후세에 생생하게 물려주려고 출간했다.

이 책이 비록 치료제는 될 수 없을지라도 모두의 아픔을 위로하고, 함께 새로운 꿈을 꾸는 데 작은 힘이 될 수 있기를 바라며 숨 가쁘게 기획, 출간한 책이다.

그곳에 희망을 심었네

2020년, 대구는 코로나19로 인해 240만 시민의 봄이 송두리째 빼앗긴 한 해였다. 당시에는 다시 봄을 맞을 수 있을까 싶을 정도로 참담했다. 중앙 언론에서는 참담함을 조금이라도 더 자극적으로 보도하기 위해 경쟁하는 듯 보였고, 일반인들도 당연히 대구와 거리를 두었다.

심지어 서울의 병원에서는 대구에서 오는 응급 환자조차 거부하던 시절이었다. 어둡고 암울하던 시기에 지역출판사가 지역민을 위해 할 수 있는 일이 과연 무엇인지 고민했다. 그때 생각한 것이 이렇게 힘든 시기를 보내고 있는 대구를 기록으로 남기자는 것이었다.

계획이 서자 일은 일사천리로 진행되었다. 마음이 급했다. 모두가 불안에 떨고 있는 시기에, 희망의 등불이 필요했다. 그래서 시민들의 기록과 함께 기획한 것이 코로나19 대구 의료진의 기록 『그곳에 희망을 심었네』이다.

이 책은 코로나19가 들불처럼 번지던 대구의 코로나 현장에서 사투를 벌인 의료진들의 이야기다. 생사가 달린 전쟁터와 같은 시간을 보내고 있는 의료진의 이야기를 기록하고 싶었다. 그러나 이 절박한 상황에 치료현장에 있는 분들에게 지금의 상황을 글로 적어 달라고 하는 것이 욕심인 것 같아 못내 미안했다. 시민들에게 부탁할 때와는 달리 미안한 마음에 많이 망설였다.

그러다가 의논이라도 해보자는 생각으로 경북대 의대 이재태 교수님께 기획의도를 말씀드렸다. 교수님은 좋은 일이라며 흔쾌히 승낙하셨고, 생활치료센터장을 맡고 있는 그 바쁜 와중에서도 코로나 치료 현장에 계시는 의사와 간호사, 구급대원 등 35명의 원고를 받아주셨다.

그래서 뉴스에서 볼 수 없었던 사투 현장을 시민들에게 알릴 수 있었다. 이렇게 탄생한 것이 대구 코로나 현장에서 헌신한 의료진 35명의 목소리를 기록한 『그곳에 희망을 심었네』이다. 책에는 대구 코로나 치료 현장에서 활약한 의료진들의 이야기가 생생하게 실려 있다.

모두 치료 현장을 기록으로 남겨 추후에 타산지석으로 삼자는 생각으로 다양한 제언을 곁들였다. 코로나19에 대한 대구 의료진의 활약 기록물은 이렇게 출간됐다. 책이 출간되자 언론은 물론 독자의 반응도 뜨거웠다. 전쟁터와 같은 치료현장의 절박한 사정을 글로 읽으니 그들의 노고를 더 고마워했다.

책의 힘을 느낄 수 있는 순간이었다. 책은 거의 비슷한 시기에 코로나로 같은 어려움을 겪는 일본에서도 번역, 출간되었다. 이 책이 일본에 번역되자 많은 일본의 언론이 관심을 보이며 온라인 인터뷰 요청을 해왔다.

그들이 인터뷰를 요청한 공통적인 이유는 일본에서는 이렇게 지역의 이야기를 생생하게, 당사자들이 즉시 기록한 책을 보지 못했다는 것이다. 그리고 지역출판사가 지역의 일을 재빠르게 기록한 것을 칭찬했다.

이런 일을 지역출판사가 아니면 누가 할 수 있겠는가. 그래서 가장 지역적인 책이 가장 세계적인 책이라 했다.

내 책을 말하다

2017년 7월 1일은 학이사가 창사 10주년을 맞이한 날이었다. '이상사'로부터는 63년, 학이사로 출판사명을 바꾼 지 10년이 되는 날이었다. 이를 기념하기 위해 창사 후 10년간 학이사에서 책을 출판한 저자 60명을 모시고, 스스로 자신의 책을 말할 수 있는 기회를 마련해 보고 싶었다.

『내 책을 말하다』는 자신이 출간한 책의 집필 계기와 내용, 출간 과정과 발간 후의 반응, 출판사에 하고 싶은 말 등을 담은 것이다. 학이사의 지난 10년을 돌아보고, 앞으로 10년 혹은 100년을 지역에서 함께 꿈꿀 수 있는 방안을 얻기 위해 기획한 책이다.

작가들은 책을 출간한 뒤 이런저런 반성을 한다. 그 반성은 오롯이 자신의 것일 때도 있고, 독자들의 평가에 대한 대답인 경우도 있다. 그러나 자기가 쓴 책에 대한 자신의 평가를 책으로 묶어내는 경우는 거의 없었다.

이처럼 낯선 책을 기획한 것은 독자만이 출판사의 고객은 아니라는 생각이었기 때문이다. 작가 역시 귀한 고객이다. 책에 대한 글쓴이 본인의 평가(혹은 감상)를 확인함으로써 출판사가 앞으로 나아가야 할 방향을 가늠하고, 작가와 독자 모두 만족할 수 있는 책을 만드는 데 길잡이가 될 것으로 믿었기 때문이다.

'책은 일단 출간되고 나면 더 이상 작가의 것이 아니다'고들 한다. 작가가 어떤 의도로, 얼마나 많은 내용을, 얼마나 깊은 감동거리를 담았는지는 중요하지 않다. 독자가 어떻게 느끼느냐가 그 책의 가치 혹은 내용을 최종적으로 '완성한다'는 의미기 때문이다.

책을 기획하며 가장 아쉬웠던 것은 10년의 세월 동안 타계하신 저자들이 있었던 것이다. 그분들의 감회를 직접 듣지 못하는 안타까운 마음에 작품집에 실린 작품 해설에서 발췌하거나 머리말을 옮겨 와 그 마음을 대신했다.

지역에서 크게 칭찬해 주었다. 모두의 칭찬과 격려가 큰 힘이 되었다. 작가들이 보내준 원고를 받고 보니 새로운 용기를 얻을 수 있었다. 그래서 작가들을 모두 모시고 출판산업지원센터에서 우리만의 출판기념회를 가졌다. 외부 사람들은 아무도 초대하지 않고 오직 학이사 작가만 모시고 출판기념회를 열었다.

보살펴 주신 데 대한 감사의 자리였다. 지역출판사에서 출간하니 이런 좋은 자리가 마련되는구나, 하시며 모두 기뻐했다. 그 작가들과 함께한 시간 덕분에 학이사가 지역에서 출판을 계속할 수 있는 힘이 되었다. 이 행사가 언론이나 소문으로 알려지자 이 행사에 참가하려고 급히 원고를 들고 오는 분까지 있었다.

책을 엮고 보니, 그 순간까지 온 게 모두 손을 잡아주고 이끌어주신 저자 한 분 한 분과 독자들의 분에 넘치는 사랑 덕분임을 새롭게 알 수 있었다. 또 지역에서 출판을 하기 때문에 가질 수 있는 기쁨이라는 것도, 대구라는 지역이 이런 보람을 꿈꿀 수 있는 좋은 공간이라는 것도, 다시 한번 깨닫게 한 책이다.

대구에 산다, 대구를 읽다

우리 경제가 극심한 침체기를 맞고 있다. 이 상황에서 출판 시장은 그 체감지수가 심하면 심했지 절대 예외일 수는 없다. 심지어 출판계에서는 단군 이래 최고의 불황이라는 말이 심심찮게 회자된다. 책 읽는 사람이 자꾸 줄어들고, 종이책이 위기라는 기사가 특히 많이 등장하는 요즘이다.

이런 현실에서는 지역출판사의 상황은 더 힘들 수밖에 없다. 우리나라 출판사의 대부분이 수도권에 있으니 모든 출판 활동이나 지원도 수도권 출판사를 중심으로 이루어진다. 그래도 어쩌겠는가, 스스로 지역에서 살 길을 찾을 수밖에.

이 책의 탄생은 한국출판문화산업진흥원에서 공모한 '2019지역출판산업활성화사업'에 학이사가 선정되면서부터 비롯되었다. 이 행사의 일환으로 2019년 10월 3일부터 9일까지 대구출판산업지원센터 다목적홀에서는 대구지역에 현재

주소지를 두고, 대구지역 출판사에서 출간한 작가 100명의 책과 표지를 전시하는 행사를 개최했다.

도서출판 학이사와 학이사독서아카데미가 주최한 이 행사는 '100인 100책 - 대구에 산다, 대구를 읽다'라는 제목의 특별 기획전으로 열렸다. 대구에 살고 있으며, 대구지역 출판사에서 한 권이라도 책을 발간한 작가 100명을 모시고, 그들의 작품집을 시민들에게 보여주는 전시회였다.

행사를 기획하다 보니 단순히 전시로만 그치기에는 아쉬움이 있었다. 우리 지역의 작가를 지역민들에게 소개해 작가에게는 자긍심을, 대구시민들에게는 자부심을 주고 싶다는 욕심이 생겼다. 그래서 전시에 참가한 작가 100명의 작품 한 편씩을 모아 엮은 책이 『100人 100作 - 대구에 산다, 대구를 읽다』이다.

이 책은 대구지역에 살고 있는 작가 중 지역출판사에서 한 권이라도 출간한 작가들의 공동 작품집이다. 지역과 지역출판사를 아끼는 작가 100명의 작품 한 편씩을 모은 것으로, 수록 분야도 다양하다. 문학과 인문, 사회과학 등 모든 장르를 망라했다.

기획 의도는 지역출판사가 작가나 독자와 함께 힘을 보태 스스로 위기를 극복하자는 데 있었다. 작가에게는 지역출판사에 힘을 보태준 데에 대한 감사와 부탁을, 독자에게는 우리

지역에 이렇게 훌륭한 작가와 출판사가 있으니 찾아서 읽어 달라는 당부의 마음을 담았다.

대구에 살고 있는 훌륭한 문인들의 작품을 대구가 먼저 알아줘야 전국으로, 세계로 진출할 수 있다. 따라서 문학과 출판의 문화 분권을 선도하고, 대구시민의 독서문화 진흥과 지역출판 산업 육성에 기여하고자 하는 목적이 있었다.

같은 지역에 살면서, 지역출판사를 아껴주신 그 마음이 참으로 고마웠다. 지역출판사는 지역 작가와 함께 활로를 찾고, 독자에게는 지역 작가와 지역출판사를 알려 함께 책으로 행복하게 살고 싶었다.

『대구에 산다, 대구를 읽다』는 이렇게 지역과 지역출판사를 아껴주는 지역작가 100명의 마음을 엮은 책이다.

마을로 간 신부

가톨릭 신부이자 환경운동가인 정홍규 신부의 책이다. 이 책은 기획부터가 특별했다. 구제역의 확산으로 수많은 가축을 전국에서 살처분이라는 이름으로 학살하던 시기에 환경의 중요성을 알리기 위해 발간한 책이다.

특히 먹거리의 중요성에 대해 강조한 것이다. 저자가 경북 영천시 화북면 오산리에서 가톨릭대안학교인 '오산산자연학교' 교장으로 재직할 때였다. 당시는 비인가 학교였는데, 폐교를 이용해 정규 학교에 적응이 힘든 학생들이 자연을 통해 배우는 학교였다.

전국에서 온 초·중 과정의 학생들이 기숙하며 생활했는데, 자연에서 배우고 깨우치게 하는 교육이었다. 이 책을 발간하기 전에 신부님의 교육에 관한 글을 모은 『오산에서 온 편지』를 출간한 인연으로 이 책도 기획하게 된 것이다.

생태평화운동을 전개해 온 작가는 당시의 암울하던 시기에 이 책에서 말했다. 사람은 어디에서 와서 어디로 가며, 인간은 지구에서 어떤 존재이며, 인간에게 지구는 또 어떤 존재인가. 동물에게 인간은 무엇인가, 라는 물음을 전제로 세상의 평화를 염원했다.

가장 기억에 남는 대목은 "우리는 유전자 조작을 통해 종자를 불임시켰고, 젖소를 우유 생산하는 기계로, 닭을 달걀 낳는 기계로, 소를 고기 생산하는 기계로 만들었다."는 부분이었다. 그러면서 '살처분은 인간 중심 쪽의 용어이고, 동물 쪽에서 보면 대학살' 이라는 문장에서는 충격이었다.

이런 과정에서 생겨나는 육류를 비롯한 유전자변형 곡식류 등을 먹으니, 인간이 본성을 잃는다는 주장이다. 그리고 인간이 본성을 회복하기 위해서 우리 환경이 어떻게 변해야 하는지를 제안하기도 한다. 그래서 당시 언론에는 '동물은 인간에게 고기를 주는 존재가 아닙니다' 라는 저자의 주장이 책 소개 기사로 많이 언급되었다.

그런데 이 책이 2017년 세간을 떠들썩하게 했던 '출판계 블랙리스트' 에 이름을 올린 것이다. 이 블랙리스트 사건은 국내 우수 도서가 해외시장으로 진출할 수 있는 기회를 제공하는 '찾아가는 도서전' 및 '초록·샘플 번역 지원' 사업에 고의적으로 배제하도록 문광부가 출판문화산업진흥원에 지시했다는 사건이다.

당시 김민기 더불어민주당 의원이 "출판산업진흥원의 '찾아가는 중국도서전' 선정 과정에서 문체부 주무관의 지시로 지원에서 배제된 도서가 있었다."는 의혹을 제기하면서 세상에 알려지기 시작했다. 『마을로 간 신부』는 이명박 정부의 4대강 사업을 비판했다는 이유로 여기에 포함된 것이다.

재미있는 일은 뉴스 시간마다 이들 책이 화면에 비치고, 언론마다 연일 책 이름을 올린다는 것이었다. 지금도 이 책을 뉴스에서 검색하면 엄청난 숫자의 기사가 등장한다. 이 책이 이렇게 전국적으로 화제가 되면서 학이사도 약간의 광고효과를 누릴 수 있었다.

심지어 사람들이 전화를 걸어 축하한다(?)는 농담까지 건넬 정도였으니, 꼭 손해라고만 말할 수는 없을 것 같다. 그렇게 혜택에서 배제하고는 역시 출판문화산업진흥원에서 우수 도서를 선정하는 세종도서에 이름을 올리기도 했다. 병도 받고 약도 받은 책이다.

홑

　문무학 시인의 시집이다. 이 시집은 우선 크기에서 차별화가 된다. 출판사에서 굳이 절수를 따지면 4·6반판, 곧 4·6판의 1/2크기라는 뜻이다. 4·6판의 공식 크기는 127×188mm 크기의 책자 판형을 말한다. 곧 이 책의 반 크기로 만들었다는 뜻이다.(책 판형의 4·6판이라는 용어는, 가로 4치 2푼, 세로 6치 2푼의 크기를 말하는 데서 유래한 것으로, 소수점 이하를 떼어버리고 간단하게 4×6판으로 부른다)

　이 책은 가로 8.5cm 세로 11.5cm로 견양장(하드커버)으로 만들어졌다. 이 크기로 책을 만든 것에는 특별한 이유가 있다. 시인이 러시아 여행에서 돌아오며 이 크기의 책을 몇 권 사들고 왔다. 세계명작을 작게 만들어 독자들에게 읽히고 있는 러시아 책을 보고, 우리도 이 크기로 책을 만들어 보급하면 사람들이 휴대해서 독서를 많이 하지 않겠는가, 라는 생각이었다.

그러면서 이 책에 맞는 시를 써서 출간을 제안했다. 시집 『홑』은 제목에서 보듯이 제목 한 글자, 내용 15자 안팎인 짧은 시집이다. 가로 8.5㎝, 세로 11.5㎝로 지금껏 우리나라에서 출간된 시집 중에 가장 크기가 작다. 수록 작품들은 우리나라 시조의 종장 형식, 즉 '3, 5, 4, 3'을 기본형식으로 하고 있다. 그러나 완전한 3장이 아닌 종장 즉, '홑 장'으로 쓴 시 108편이 실려 있다.

시집이 출간되자 사람들은 우선 작은 크기에 놀랐고, 15자에 함축된 깊은 내용의 뜻에 놀랐다. 수록 내용은 예를 들면 이런 식이다.

내 몸속/ 바다서 건진/ 삶을 닦는/ 소금물 -「땀」 전문

아무리/ 움켜쥐어도/ 너의 것은/ 손금뿐 -「손」 전문

보아라/ 튕겨 오르는/ 스프링의 경쾌를 -「봄」 전문

또 하나의 특장은 시집에 실린 108편의 작품 모두를 영역英 譯하여 함께 실었다는 것이다. 우리 사회에서 이미 다문화의 구성원들이 많아진 점을 감안했기 때문이다. 우리의 시를 우리말보다 다른 언어를 자유롭게 사용하는 이들이 읽을 수 있도록 배려한 것이다.

그런데, 막상 시작하려니 제작이 문제였다. 이 크기의 포케

킷용 옥편을 제작한 경험이 있어 쉽게 생각했었다. 파주 거래처인 제책사에 물으니 어딜 가나 자동으로는 어렵다고 했다. 이유는 책이 너무 작아 기계에 걸리지 않고 다 빠진다는 것이었다. 그러면서 수작업만이 가능하다고 했다.

가만히 생각하니 예전에 제작하던 것과는 방식이 차이가 있었다. 포켓용 옥편은 책 네 권을 동시에 앉혀서 재단하는 무선제본이었던 것이다. 그때 떠오른 생각이 성경이었다. 성서를 제작하는 왜관의 분도출판사를 찾아가니 가능하다고 했다. 그렇게 해서 수작업이지만 제작은 일단 가능하게 되었다.

문제는 여기에서도 끝나지 않았다. 책을 제작해 국립중앙도서관에 납본을 하니, 받을 수가 없다는 통보가 왔다. 책이 너무 작아 보관이 어렵기 때문이라는 이유였다. 그때 담당자에게 많은 말을 했다. 변형이 아닌 온전한 규격의 책을, 나라에서 할 일을 개인 출판사가 했는데, 그것도 지역의 작은 출판사가 만들어 보급하는데 이런 이유가 어디 있느냐고 항의했다.

그들의 고충을 이해하지 못하는 바는 아니나, 많이 아쉬웠다. 출판사에서 책을 출간하면 기록 보존을 위해 국립중앙도서관에 의무적으로 납본을 하게 되어 있다. 이런 책은 사실 조선시대부터 있었던 책의 크기다. 수진본袖珍本, 즉 옷소매에 넣을 수 있는 크기의 작은 책자라는 뜻이다. 유생들이 익혀야 할 경서나 시문을 작은 책으로 엮어 소매에 넣고 다니면서 수시로 읽었다고 한다. 그래서 더 아쉬움이 컸다.

그러나 책은 발간하고부터 많은 관심을 받았다. 지금도 이 시집은 도서전 등 행사에 들고 나가면 가장 인기다. 독자들이 앙증맞은 크기에 우선 손이 가고, 읽은 한 편의 시조에 맘을 주기 때문이다.

부모의 생각이 바뀌면 자녀의 미래가 달라진다

윤일현 교육평론가의 자녀교육서이다. 작가는 전교조 해직 교사이다. 작가가 포항제철고 교사로 근무하던 시절에 있었던 일이다. 학교에서 해직을 당하니, 교사가 갈 곳은 학원밖에 없었다.

저자는 독서광이다. 매일 아침 7시에 출근해 9시 업무 시작 전까지는 어떤 일도 하지 않고 독서에 집중한다. 그리고 엄청난 청탁의 글과 기고의 글을 쓴다. 그 시간이 모여 어떻게 되었겠는가. 어떤 논제의 글을 요청받아도, 주변의 아무 책이나 펼쳐 그곳에 나오는 어떤 문장이든 눈에 띄는 것을 화두로 시작해 마무리한다.

작가는 모든 일은 인문에서, 인문은 독서에서 시작되고 마무리된다고 믿는 사람이다. 그래서 어떤 일을 하든 인문적 소양을 갖추지 않으면 성공할 수 없다고 주장한다. 그리고 항상

자연을 가까이 해서 심신을 건강하게 하기를 권한다.

학이사에서 진행하는 책의 날 등 특별한 행사에서 초청해 특강을 듣는다. 물론 무료다. 강사료를 받지 않는다. 시민들을 위한 이런 사설 특강이나 깊은 산골 등 교육 환경이 좀 열악한 지역에서 초청을 하면 당신의 경비를 사용해서라도 어디든 무료 특강을 간다.

작가는 오랜 시간에 걸쳐 '윤일현의 인문학 특강-금요강좌'를 진행했다. 매월 격주로 금요일에 진행되다가 저자의 퇴직으로 끝을 내었다. 매회 약 200명 정도의 학부모와 일반인들이 청강할 정도로 인기가 좋았다.

매회 배포하는 이 강좌의 원고를 몇 번 읽을 기회가 있었는데, 글이 아주 좋았다. 입시 지옥에 사는 학부모와 학생을 행복하게 하는 내용이었다. 그래서 많은 이들에게 읽히고 싶어 책을 펴내자고 제안해 이루어진 것이 이 책이다.

책이 출간되자 많은 관심을 받았다. 물론 시기도 많았다. 서울에서 책을 출간했으면 지역출판사인 학이사보다 훨씬 더 많이 팔렸을 것이라며 저자에게 칭찬 아닌 칭찬을 하는 사람들도 많았다. 그러나 저자는 지금도 당당히 말한다. 내가 지역에 살고 있는데 어떻게 지역을 외면하겠는가, 라고.

이 책이 출간되어 시중에 스테디셀러로 판매되고 있을 때 중국 강서성의 강서인민출판공사에서 번역 출간하겠다는 연락이 왔다. 필자의 견문 탓이지만 강서성이라는 이름을 처음 들은 탓에 인터넷을 검색하니, 인구가 무려 4천8백만 명이었다.

당시에 중국은 공산국가라 대부분 각 성마다 나라에서 운영하는 출판사가 하나씩 있다고 했다. 그래서 그 성에서 사용되는 출판물을 널리 보급한다고 했다. 일은 일사천리로 진행되었다. 번역과 편집을 거쳐 완전한 편집본이 PDF로 왔다. 번역본의 책 이름은 『가정이 가장 좋은 학교다』였으며, 계약에 따라 초판 4천 부를 우선 제작하겠다고 했다.

사실 학이사가 해외로 진출할 기회를 잡은 첫 책이었다. 그런데 복병은 다른 곳에서 나타났다. 당시 성주의 미사일 기지에 사드 배치 문제가 국내외에 큰 이슈가 되었다. 무엇보다 중국의 반대가 극심했다. 그런 상황에 사드미사일을 배치하자 중국은 한국과 진행하던 모든 것을 중단했다.

출판물도 마찬가지였다. 계약서 따위는 정말 한낱 종이에 불과했다. 이런 상황에서는 깨끗이 포기하는 게 맞다는 전문가의 의견에 따라 모든 미련을 버렸다. 그래서 중국에 수출할 수 있었던 좋은 기회를 놓쳤다. 이렇게 이 책은 학이사의 성장을 도왔고, 큰 꿈을 꾸게도 하였다.

어른이 읽는 동화

이 책은 제목과 달리 동화가 아니다. 학이사 산문의 거울 시리즈에 포함된, 말 그대로 산문집이다. 그런데 제목을 동화라고 붙였다. 이보다 더 알맞은 제목이 없었다. 작가의 삶이, 작가의 생각이 한 편의 동화이기 때문이다.

이수경(이은겸) 작가를 만난 것은 우연이고 행운이었다. 작가의 SNS 글을 읽으며, 세상에 이렇게 따뜻한 사람도 있구나 생각하다가 덜컥, 연락을 드렸다. 학이사의 필자가 되어 주십사 하고. 그렇게 무작정 연락을 했다.

혹시 써 둔 산문이 있으면 학이사 산문의 거울에 수록하고 싶다고. 그러자 원고가 있다며 흔쾌히 수락했다. 아마 학이사라는 이름도 처음 들었을 것이다. 그 순간에 글에서 보던 작가의 마음을 확인할 수 있었다.

작가에게 연락을 하고, 이력을 확인하니 너무 과한 욕심을 냈구나 하는 생각이 들었다. 이력을 찾으니 알던 것보다 훨씬 유명한 작가였다. 그렇지만 모든 조건을 이해하고 지원해 주었다. 인세나 제작 부수가 유명 출판사에서만 출간하던 작가에게는 턱없이 부족했겠지만, 모든 것을 학이사의 형편에 따라 주었다.

무엇보다 작가의 고향이 경남 산청이고, 필자의 고향이 거창이라는 데에 작가와 출판사의 거리는 완전히 수십 년을 함께 한 것처럼 허물어졌다. 거창과 함양, 산청은 지리산과 덕유산 기슭에서 서로 지형적으로 맞물려 문화와 생활환경이 거의 같기 때문에 모두가 한 고향처럼 반갑게 생각한다.

이렇게 기분 좋게 일을 시작하니, 모든 것이 수월하게 진행되었다. 글에 비치는 따뜻한 작가의 활동과 마음 씀씀이, 사용되는 고유의 토속어가 일을 하는 내내 정말 좋았다. 기쁘게 일한 책이라 좋은 기운이 스몄을까. 책을 출간한 지는 얼마 되지 않았지만 벌써 작가의 따뜻한 마음이 세상에 퍼지고 있다. 작가의 마음을 이해하고 동참하는 사람들이 늘어나고 있는 것이다.

특히 민속학자인 안동대 임재해 교수님은 '어른이 읽는 동화 읽기 운동'으로 불을 지펴주셨다. 이렇게 좋은 책은 우리 사회에 널리 읽혀야 한다며, 누구든 책을 읽고 널리 홍보를 할 사람은 당신이 직접 구매한 책에 사인을 해서 선물하겠다는 운동이었다.

이 운동을 시작으로 좋은 바람이 불기 시작했다. 심지어는 책을 읽고 감동하신 어떤 분은 책을 대량 구매해 꼭 필요한 곳에 전해달라는 등, 상상도 하지 못했던 아름다운 일들이 일어났다. 또 어떤 독자는 당신이 그랬듯이 어려서 엄마 없이 자라는 아이들에게 읽히고 싶다며, 아이들에게 힘이 되는 글귀를 적어 책을 대신 전달해 줄 것을 부탁하는 뭉클한 일도 있었다.

이들이 있어 작가의 마음이 세상을 따뜻하게 만드는 데 큰 역할을 하게 된 것이다. 앞으로 어떤 선행이 더 생길지 모르지만 문학이, 책이 가진 기능이 무엇에서 이보다 더 클 수 있겠는가. 작가도 출판사도 감동하고, 이 사실을 접한 모두가 그들에게 고마워하고 있다.

비록 책이 아니더라도 이보다 더 귀한 일이 세상에는 얼마든지 있을 것이다. 그러나 책이 가진 물성이 이렇게 제대로 전달되는 것은 흔치 않은 일이다. 그래서 저자는 몸살을 앓으면서도 한 권 한 권 이 책을 받는 사람에게, 건네주는 이의 마음이 조금이라도 잘 전달되도록 글을 적어 보냈다.

출판사의 보람은 여기에 있다. 우리가 출간한 책이 세상을 따뜻하게 한다는데, 무엇이 이보다 더 기쁘고 자랑스럽겠는가. 세상 어디에 이보다 보람을 주는 일이 또 있겠는가.

산문의 거울

학이사에는 유일한 기획 시리즈가 '산문의 거울'이다. 다른 출판사처럼 시나 수필선을 만들라는 주위의 권고도 많이 받았다. 그러나 우리는 그것을 하지 않는다. 이유는 단 하나다. 책을 출간하는 작가들이 원하는 게 다 다르기 때문이다.

시리즈물을 하면 출판사에서도 아주 편하고 경제적이다. 표지 디자인을 한 번만 만들어두면 신경 쓸 필요가 없기 때문이다. 제목이나 작가 이름만 바꿔 넣기 때문에 표지 디자인비가 들지 않는다. 그래도 학이사는 작가 한 분 한 분마다 자신만의 맞춤형 책을 만들려고 노력한다. 세상에 하나밖에 없는, 나만의 책을 만들어드리고 싶기 때문이다.

산문의 거울, 이성복 시인이 수업할 때 쓰시던 용어이다. 시인의 제자를 통해 허락을 받고, 시리즈명으로 사용했다. 거울은 자신을 비춰보는 반성의 용도로도 사용되고. 남의 귀감이 된다는 뜻으로도 사용되기에 아주 좋은 말이라 욕심이 났다.

참여 작가 스스로 자신의 글을 비춰보고, 또 그 글이 어떤 이에게는 귀감이 되기를 바라는 뜻이다. 그만큼 원고에 최선을 다하겠다는 작가와 출판사의 다짐이기도 하다. 이 산문의 거울에 이름을 올리는 작품집은 한 가지 주제로 책 전체를 이룬다는 특징이 있다. 작품 선정의 첫째 조건이다.

기획 시리즈 출판물이기에 작가가 원한다고 할 수 있는 일이 아니다. 그 조건을 충족했을 때에만 이 시리즈에 넣는다. 그래서 몇몇 분들이 원고를 보내왔지만 들어가지 못했다.

임창아 시인의 『슬퍼할 자신이 생겼다』를 시작으로 『사물의 무늬』(천영애), 『유월의 어느 시간들』(장정옥), 『기억과 공감』(임언미), 『바다는 철문을 넘지 못한다』(윤은주), 『복사꽃 오얏꽃 비록 아름다워도』(정명희), 『어른이 읽는 동화』(이수경), 『지금 바다로 가는 버스를 탈 수 있을까』(최영실) 등 8권이 3년에 걸쳐 나왔다. 곧 김지원(김인자) 작가의 작품집이 출간될 예정이며, 몇 분의 작가들이 작품을 다듬고 있다.

이 책의 기획 단계에서는 남녀의 구분이 없었다. 그런데 처음 원고를 의뢰하다 보니 4번까지가 전부 여류작가였다. 그래서 아예 여류작가의 산문으로만 구성하기로 하고, 진행한다. 이게 또 하나의 특징이 될 수도 있으리라 믿기 때문이다.

내가 읽은 책

학이사에서는 학이사독서아카데미라는 서평 교실을 운영한다. 3개월에 걸쳐 12강 과정으로 서평 쓰기를 공부한다. 읽은 책에 대해 서평을 씀으로써 책이 가진 내용을 잊지 않고 내 것으로 소화하기 위한 공부다.

이 서평이 중요한 것은 읽기를 공부한다는 것이다. 우리는 어려서부터 쓰기는 많이 가르쳤지만, 읽기에 대해서 배울 기회는 없었다. 오로지 많이 읽는 것을 최고의 읽기라 생각했던 것이다.

지금도 마찬가지다. 글쓰기 교실은 수없이 많지만 읽기를 공부할 수 있는 곳은 찾기가 쉽지 않다. 그래서 책을 좋아하는 이들은 이 수업과정을 반긴다. 12강을 수료하면 자연스럽게 서평 작성이 가능해진다. 그래서 매 기수마다 수료가 끝나면 그들만의 서평집을 만들고 작가로 태어난다.

이 과정을 거친 사람들이 한 달에 한 권씩 동서양 고전문학을 읽고 토론하는 모임이 '책으로 노는 사람들' 이다. 그 회원들이 2016년부터 매일신문 토요일 판에 '내가 읽은 책' 이라는 코너에 돌아가면서 서평을 연재한다. 2022년 6월 현재 240회를 연재하고 있는데, 그중 1회에서 200회까지의 글을 책으로 엮은 것이다.

학이사독서아카데미 회원들은 책으로 다 같이, 재미있게 살아보자고 노력한다. 그래서 자신과 지역을 위해, 읽은 책을 신문에 소개한다. 이 글이 얼마나 지역의 독서운동에 도움이 되는지는 모르지만, 처음 신문사와 기획할 때 뜻은 그랬다.

신문사의 도움으로 다행히 7년째 중단되지 않고 연재할 수 있어 참 고맙다. 수록된 200개의 서평은 거짓말처럼 한 권도 중복되지 않는다.

'사람은 책을 만들고 책은 사람을 만든다' 는 말이 있다. 회원들의 이러한 활동이 지역에서 독서운동의 새로운 활력이 되기를 기대하면서 기획, 제작한 책이다.

지는 꽃에게 말 걸지 마라

연분홍으로 웃다/ 연분홍으로 운다/ 지는 꽃에게 말 걸지 마라

- '참꽃, 사랑' 모두

'지는 꽃에게 말 걸지 마라', 김창제 시인의 여섯 번째 시집이다. 이 시집의 특장은 간결함이다. 40편의 시만 수록했다. 시집 한 권에 읽을 만한 시 한두 편만 발견하면 성공이라고 흔히들 말한다. 시집에서만큼은 수록 편수의 다다익선이 적용되는 말은 아니다.

원고를 앞에 두고 함께 고민했다. 시가 멀어지는 시대에 새로운 방법을 시도해 보자고. 편수가 많으면 아예 읽기를 포기하니, 편수에 대해 욕심을 버리고 양이 아니라 질로 다가가고자 했다. 독자가 부담 갖지 않을 소수의 시만 가려 싣기로 결정한 것이다.

이 시집은 새로운 시도로 많은 반향을 일으켰다. 우선 시의 분배다. 보통의 시집은 전체 편수를 나누기 4, 또는 5로 한다. 하지만 이 시집은 다르다. 전체 40편의 시를 7부로 나누었다. 소재에 따라 명확히 분류했기 때문이다. 40편도 부담된다면 마음에 드는 소재 한 부만 읽으라는 생각이었다.

1부는 한 편의 시가 전부다. 3부와 5부는 2편, 이런 식이다. 내용에 따라 한 편의 시가 한 부가 되고, 열 편의 시가 한 부가 될 수도 있도록 했다. 소재에 따른 명확한 구분으로 독자의 기호에 따라 선택하게 하자는 뜻이다.

시집을 출간하자 이 분배 방식이 화제가 되었다. 지금까지 어떤 시집에서도 시도하지 않았던 방식이기 때문이다. 모두가 용기를 칭찬했다. 이런 방식이 회자되자 시집에 관심을 가지는 분들이 늘어났다. 이렇게 편집은 물론 마케팅까지 새로운 방법을 시도한 책이다.

시집은 오직 서점을 통해서만 판매했다. 시인에게 부탁했다. 누구에게든 직접 공급하거나 주지 말고 서점을 통해서 구매하게 해 달라고. 그리고 일부러 서점을 돌며 진열된 시집을 한 권 사서는 서점 담당자에게 선물하라고 했다. 이러한 노력이 결실을 보인 시집이다. 시집이 팔리지 않는 시절이라고 하지만 노력 여하에 따라 팔릴 수 있다는 것을 확인했다.

4부

내 맘대로 책 소개

나는 태양 때문에 그를 죽였다!

제가 그랬다는 것이 아니에요. 요새 이방원 씨가 인기던데, 그가 한 말도 아니고 카뮈라는 소설가가 쓴 『이방인』에서 뫼르소라는 양반이 법정에서 그랬다네요. 그것도 사람을 죽여 놓고, 이게 어디 말이나 되는 소립니까? 제가 직접 듣지는 않았지만, 소문에는 정말 그 양반이 판사 앞에서 그랬대요. 나는 태양 때문에 그를 죽였다고.

어제부터 중부지방에 눈 많이 온다고 자랑이 늘어졌어요. 그러는 게 아니에요. 사람은 겸손해야 한다고 우리는 배웠잖아요. 길게 그러다가는 총 맞아요. 좋다고, 동네방네 자꾸 떠들면 남쪽 사람들에게 진짜 눈총 맞아요. 눈총 맞는다고 뫼르소에게 총을 맞은 아랍인처럼 죽지는 않겠지만, 그것도 맞지 않는 게 좋잖아요.

대신 술 마시고 늦게 집에 갈 때는 거짓말을 하세요. 누가 태양 때문에 사람을 죽였는데, 죽은 사람이 불쌍해 문상 다녀

채형복 지음

한마디로 법으로 읽는 문학, 문학으로 읽는
법이다.

오느라 늦었다고. 그러면 속아줄 거예요. 하지만 그것도 딱
한 번이지, 자꾸 하지는 마세요. 그러다가 함께 사는 사람에
게 맞아죽어요. 태양 때문이라고 말한 사람도 결국 사형을 당
했대요. 자꾸 거짓말 하면 사회에서 매장당한다는 말이 그래
서 생긴 거래요.

　법과 문학, 죽어도 어울리지 않을 것 같잖아요? 솔직히 법
이라는 말만 들어도 재미없을 것 같아요. 그런데 이 책은 그
게 아니래요. 소설처럼 재미있으면서도 인문 교양서적으로
딱이래요. 채형복이라는 작가 이름은 저도 들어본 것 같아요.
법학자이자 시인이잖아요.

　그분이 작가래요. 믿고 읽을 수 있는 작가로 널리 알려졌대
요. 그래서 출판산업진흥원에서도 이 책을 우수콘텐츠로 뽑
았대요. 저도 작가의 시집『무 한 뼘 배추 두 뼘』을 읽은 적이
있는데 아, 사물은 이렇게 보는 것이구나 하고 감탄한 적이

있어요.

이 책은 법학자인 저자가 평소 가지고 있던 의문을 문학작품에서 분석의 소재로 활용했다고 해요. 우리가 읽지는 않았지만 많이 들어 본 책 있잖아요. 『베니스의 상인』, 『실락원』, 『이방인』 같은 고전요. 중고등 시절부터 이름 외운다고 우리를 고생시킨 그 여덟 편이 텍스트로 사용되었대요.

우리는 단순히 재미있게 읽고 지나쳤던 작품 속 인물들의 사건을 법학자의 시각으로 풀어 아주 재미를 더해 준다고 해요. 그래서 이 책을 읽으면 생활 속 법률 전문가가 될 수도 있대요. 그렇다고 한 번 읽고 간판을 걸 생각은 마시고요.

읽은 사람도 다시 읽으면 새로운 시각에 감탄하지만, 책 이름은 들어 본 것 같다고 여기는 사람도 여덟 권의 책을 다 읽은 것처럼 어디 가서 폼 잴 수 있다고 하네요. 그래서 저도 주문했어요. 솔직히 우리끼리 얘기지만 먹고 살기도 바쁜데 어느 천년에 책 여덟 권을 다 읽어요. 저는 이 한 권으로 여덟 권을 다 읽은 것처럼 살 거예요. 아무도 몰라요. 어쩌면 다 읽고 등장하는 외국 이름 기억 못 하는 사람보다 더 나을 수도 있어요.

오늘 세 번만 되뇌어 보세요.

나는 태양 때문에 그를 죽였다!

나는 태양 때문에 그를 죽였다!

나는 태양 때문에 그를 죽였다!

그러면 늘 환한 햇살만 비치는 행복한 날이 될 거예요.

종소리, 세상을 바꾸다

옛날에, 어느 나라 인간들인지는 모르겠지만 정말 잔인한 사람들이 있었대요. 글쎄, 종을 만들면서 청동이 부족했었는지, 주물을 부을 때 살아있는 아이를 넣었대요. 설마 싶지만, 정말 그랬대요. 참말로 그랬다면 인간도 아니에요. 종을 만들지 말아야지, 그럴 수는 없잖아요. 어쩌면 그게 정말 사실일지 몰라요. 제가 직접 들은 것은 아니지만, 지금도 그 종을 치면 '에밀레' 하면서 아이가 엄마를 부르는 소리가 난대요.

참 슬퍼요. 그런데 우리나라에도 그런 인간이 있었대요. 옛날에는 그런 인간들이 많았나 봐요. 아무리 옛날 사람이지만 이런 사람은 인간아, 라고 낮춰 불러도 돼요. 호랑이가 담뱃대를 물고 다니던 시절이니, 오래된 이야기지요. 못 믿겠지만 옛날에는 호랑이도 담배를 피웠대요. 민화에서 많이 보셨잖아요.

경주 어느 산골에 손순이라는 인간이 있었대요. 아 글쎄, 이

이재태 지음

워낭 소리가 인간과 동물을 이어주듯, 이 책
이 추구하는 본질은 종을 통한 '소통'이다.

인간은 자신의 어머니가 드실 양식이 부족하다고 아들을 산
에 데려다 묻으려고 했다네요. 아들이면 자신의 어머니에게
는 손자잖아요. 세상에서 가장 좋은 관계가 조손 관계라는데,
그 관계를 끊으려 했던 것이지요.

어쨌든 아들을 산에 묻으려고 했대요. 도저히 이해할 수가
없어요. 아무리 먹을 게 없어도 산 사람을 파묻기는 왜 파묻
어요. 그냥 돌아다니게나 하지. 이런 인간을 닮은 후손들이
지금도 자신이 힘들다고 아이와 함께 자살을 해요. 혼자 죽으
면 되지, 왜 아이를 죽이는지 모르겠어요.

이 인간이 아이를 묻으려고 산에 올라가 구덩이를 파다 보
니 땅속에서 종이 나왔다네요. 우연히 돈 되는 유물이 나왔나
봐요. 역시 유물은 예나 지금이나 경주지요. 그래놓고는 내가
효자라 하늘이 날 도왔다고, 좋아서 동네방네 떠들고 다녔대
요. 완전 미쳤어요. 그렇지 않아요?

그런데 나라에서는 더해요. 이 정신없는 인간 이야기를 잘한 일이라고 국정교과서『삼강행실도』에 실어 모두에게 배우고 따르라고 했대요. 이게 배우고 따를 일인가요. 참말로 나라나 백성이나 다 미쳤어요. 만약 백성들이 너나없이 자식을 파묻으면 종이 나올까 봐 따라했다면 어쩔 뻔했어요. 그랬으니 결국 그 나라도 망했대요. 뻔하잖아요.

이래서 제가 종을 싫어했어요. 심지어 학교 다닐 때도 마찬가지였어요. 공부 시작 종소리, 정말 끔찍했거든요. 그런데, 어느 날 우연히 선물로 받은 책 한 권을 읽고 종에 대해 완전히 인식을 바꾸는 계기가 생겼어요.『종소리, 세상을 바꾸다』라는 책이었어요.

단숨에 읽고는 너무 좋아 같은 저자가 쓴『종소리가 좋다』라는 책도 바로 사 읽었어요. 책을 읽기 전에는 저자 이재태 선생이 주물공장 사장이나 박물관 관장이 아니겠나 생각했어요. 그런데 너무 뜻밖이었어요. 의과대학 교수인 의학자였어요. 그것도 우리나라에서 가장 많은 종을 수집해 보관하고 있다고 해요.

그 많은 종을 돈으로 환산하면 도대체 얼마나 되겠어요. 그래도 사모님이 쫓아내지 않으시는 걸 보면 사모님이 아주 훌륭하신가 봐요. 책을 읽으니 우리나라 종뿐만 아니라 세계의 온갖 종류의 종에 대해 알 수 있었어요. 종은 사람 사는 데는 전 세계 어디든 있으며, 음식처럼 다 차이가 있대요.

사람들은 누구나 종소리를 통해 신들과 소통하기도 했고, 인간과 인간과의 소통을 위해 종을 만들었다는 것을 알았어요. 또 종은 청동으로만 만들어야 한다고 생각했는데, 온갖 재료를 다 이용해 만들었더라고요. 심지어는 유리나 자기, 나무 등 재료가 너무 다양했어요. 사연도 물론 다양했지만 자체로도 정말 예뻤어요.

저는 책에 수록된 수십 가지의 종이 지닌 사연 중에 특히 기억에 남는 종이 있어요. 2차 대전 때 영국 공군이 적국인 독일의 격추된 전투기를 녹여 종을 만들었다는 '승리의 종'이 그래요. 이 종을 팔아 영국 공군과 공군 가족들을 후원하는 기금으로 사용했대요. 참 멋지잖아요. 어린애를 종 만드는데 넣는다거나 땅에 파묻으려 한 것에 비하면 얼마나 좋아요.

책에 등장하는 수백 개의 종 하나하나에 이렇게 사연이 있는데, 제가 다 기억은 할 수 없어요. 다시 책을 꺼내 읽어야겠어요. 그런데 이 종을 실물로 볼 수 있는 방법이 있어요. 우리끼리니까 말씀드리는 것이니 소문내시면 곤란해요. 경북대 박물관에 가 보세요. 이 책의 저자 이재태 교수님이 소장한 세계 각국의 종 500여 개를 한꺼번에 볼 수 있어요. 단, 해설

사가 없으니 『종소리, 세상을 바꾸다』나 『종소리가 좋다』라
는 책을 읽고 가시면 아주 폼 날 거예요. 아는 체 할 수 있잖아
요.

  그리고, 소설 『누구를 위해 종을 울리나』는 이재태 교수님
작품이 아니에요. 그래도 주문했다면 버리지 말고 읽으시고
요. 운이 있으면 현장에서 이재태 교수님을 뵐 수도 있어요.
여러 사람에게 소문내지 마시고, 평소 밥이나 술 잘 사주는
사람만 살째기 데리고 다녀오세요. 입장료 내가 낼게, 라고
꼭 말씀하시고요. 막상 현장에 가면 무료이니까요.

홑

　요즘, 자꾸 서운한 게 많아요. 특히 사람에 대해 더 그래요. 나는 절대 아니라고 생각하는데, 꼰대가 되어가나 봐요. 저보다 돈 많고, 젊고, 잘생긴 인간들 보면 괜히 짜증이 나요. 특히 돈 많은 사람이 더 그래요. 사실 마이너스 통장만 아니면 누구나 저보다 몇천만 배 부자예요. 어쨌든 이런 사람들 세상에서 다 사라지면 좋겠어요.

　사실 꼭 저만 이런 게 아닌 것 같아요. 테레비만 보면 맨날 쥐어뜯고, 찌지고 볶는 사람들 나오잖아요. 그게 다 자기보다 남 잘되는 걸 두고 못 봐서 그래요. 솔직히 자기보다 남이 더 잘되는 것을 그냥 두고 볼 수 있는 사람은 인간이 아니에요. 부처지. 아니, 부처님도 그게 안 되는 것 같아요. 정말이에요.

　아마 한 보름쯤 되었을 것 같아요. 새벽에 부처님이 전화를 했어요. 전화를 받자마자 오늘이 무슨 날인지 아느냐며 다짜고짜 짜증을 부리는 거예요. 제가 삼백예순날을 무슨 날인지

문무학 지음

혼자 일어서서 혼(魂)을 붙들게 할 것이며,
쫓기기만 하는 현대인들의 영혼의 근육을 튼
튼하게 할 수 있을 것이다.

어떻게 다 알겠어요. 그러면 달력 만드는 사람들 다 굶어 죽
어요. 그래도 퍼뜩 떠오른 게 부처님 생신이 이맘때구나 생각
했어요.

그래서 둘러댔지요. 강원도 가셨다는 소문 듣고 미리 인사
드리러 설악산 골짝골짝 다 찾아다니다 왔다고요. 혹시 나중
에라도 오시면 드리라고 스님께 용돈도 맡겨두었다고요. 말
은 그렇게 했지만, 사실은 제가 봄 설악이 보고 싶어 갔었거
든요. 아마 거짓말로 단체장 뽑는 데 있었으면 저는 벌써 3선
을 하고도 남았을 거예요.

그렇게 아침부터 화내는 이유를 나중에 알았어요. 누구의
생신에는 전날부터 이브라는 이름 붙여서 좋다고 난리더니,
당신 생신에는 제가 아무것도 하지 않았거든요. 그날 저, 정
말 잔소리 다 들어준다고 죽는 줄 알았어요. 무려 세 시간은
잔소리를 들은 것 같아요. 제 허물을 말씀하시는 것을 바를

정 자로 표시하고 보니 무려 108가지나 되는 거예요.

세상에, 기가 차서 말이 나오지 않아요. 그러면 제가 하는 행동이나 말은 모두 잘못되었다는 거잖아요. 한 가지만 잘못해도 잡혀가는 세상인데, 어떻게 108가지나 잘못한 저는 아직 잡혀가지 않고 살겠어요. 그래도 저는 죄송합니다, 다시는 그러지 않겠습니다, 라는 말만 세 시간 동안 반복했어요.

솔직히, 우리끼리 하는 말이지만 그게 부처님이 한낱 인간의 허물을 들먹이며 화낼 일인가요? 그것도 108가지씩이나. 아마 작심하셨던 것 같아요. 그러지 않으면 108가지의 제 잘못을 어떻게 다 말씀하시겠어요. 평소 수첩에다 하나하나 메모하셨던 게 분명해요. 그날 이후로 저는 없던 고민이 108가지나 생겼어요.

그래도 어쩌겠어요. 어른이 잔소리 하실 때에는 무조건 예예, 하는 게 최고예요. 아무리 대꾸해도 그게 귀에 들리겠어요. 저 멀리 있는 어떤 나라 한번 보세요. 어른들 잔소리를 책으로 엮어 천 년 이상 읽히고 있잖아요. 꼰대들이 젊은이들 분위기 깨는 말만 모아 엮었다는 『탈무드』, 그래도 모아 놓으니 전 세계 사람들이 다 읽는 유산이 되었잖아요.

전들 속이 왜 없겠어요. 아무리 허물이 많아도 그렇지, 세 시간이나 잔소리를 들었는데 제 속은 어땠겠어요. 마음 같아서는 어디 가서 술이나 실컷 퍼 마시고 싶었어요. 그런데 우리 동네에는 아침부터 문 여는 술집이 없어요. 이런 것부터 나라에서 바로잡아야 해요.

하는 수 없이 책장에 혹시 술병 숨겨둔 게 있나 찾는데, 술은 없고 희한한 책이 한 권 눈에 띄었어요. 새까만 표지에, 꼭 손바닥만 한 크기였어요. 예전에 선비들이 커닝하려고 소매 속에 숨겨 다니던 수진본 있잖아요. 물론 길을 걸으며 수진본으로 공부를 한 선비도 있었을 거예요. 어쨌든 딱 그 크기였어요.

그런데 더 놀라운 것은 고 쪼그만 것이 시집이었어요. 시집 제목도 '홑' 한 자, 시 제목도 전부 한 자, 시 내용도 딱 한 줄뿐이었어요. 그것도 옆에는 영어로 번역까지 해 뒀어요. 아마 시인이나 출판사 사장이 영어를 잘하나 봐요. 예를 들면 이래요.「뿐」, "너 있어 나뿐이란 말 내버릴 수 있구나"

잔소리 들은 것도 잊을 만큼 시집이 재미있었어요. 그러니 제목도 이해가 되더라고요. 우리가 홑이불 할 때의 홑, 그 하나라는 뜻이었어요. 그러고 보니 우리 몸에도 한 글자로 된 말이 정말 많았어요. 눈, 코, 입, 팔, 뼈, 피, 살. 알고 보니 시조의 종장 한 수로만 되어있는 시집이었어요. 우리말의 아름다움을 널리 알렸다고 한글학회에서 큰 상도 받았대요.

시는 이래야 돼요. 독자는 한 줄만 읽으면 시 한 수를 읽는 게 되잖아요. 외우기도 쉽고. 더 놀라운 것은 수록된 시가 108수라는 것이었어요. 제가 부처님께 들은 잔소리 숫자와 똑같았어요. 그래서 저도 몇 권 샀어요. 책 읽기 싫어하는 인간들에게 선물하기에 딱 좋을 것 같았거든요. 그리고 어쩌면 제 허물을 하나하나 고치는 것에도 도움이 될지 모르겠다는 생각도 들었어요.

아, 부처님께도 꼭 한 권 드려야겠어요. 잔소리는 이렇게 짧게 하는 것이라고요.

나무, 인문학으로 읽다

우리 거창에는 사과가 유명해요. 저는 우리 거창이라고 말해도 돼요. 제 고향이거든요. 거창에서는 천 미터 아래의 산은 산이라고 부르지도 않아요. 그냥 뒷동산 취급을 해요. 그래서 세계에서 거창 사과가 가장 맛있다고 소문났어요.

사과가 맛있으니 사건도 많아요. 모두 기억하실 거예요. 지난가을에 있었던 백설공주 독살 미수사건으로 온 나라가 떠들썩했지요. 그 사건이 일어난 곳도 거창이에요. 어떤 사람이 자신보다 예쁘다는 이유로 사과에 독을 넣어 백설공주를 죽이려고 했던 사건이었어요.

그 사람도 참 어리석어요. 거창에는 백설공주보다 예쁜 사람이 엄청 많아요. 거창 장날 한번 가 보세요. 제 말이 거짓말인지. 예쁜 여자 다 없애면 거창에는 남자들만 살아야 해요. 그러니 혹시라도 그런 마음 먹고 있으면 일찌감치 포기하세요. 예쁜 사람 죽인다고 자신이 예뻐지나요. 생긴 대로 살아

이정웅 지음

오랫동안 이 땅에 살아온 노거수는 살아 있는 생명 문화재다.

야지.

아, 사과 얘기하니 또 생각나는 사람이 있어요. 제가 어릴 때 뒷집에 안씨 성을 가진 아저씨가 있었어요, 그 집 마당에는 사과나무 한 그루가 있었는데, 손자가 태어난 기념으로 아저씨의 할아버지가 심었대요.

이 사과나무는 자신이 가진 모든 것을 아낌없이 다 주었대요. 아저씨가 돈이 필요하면 열매를, 집이 낡아 수리할 때는 가지를, 아저씨가 야반도주를 할 때는 황강 건너 멀리 도망가라고 자신의 몸통으로 배를 만들게 했대요.

어느 해 봄이었어요. 정확하지는 않지만 아마 지금쯤이었을 거예요. 사과꽃이 막 피려던 시기였거든요. 아저씨가 허옇게 센 머리를 산발을 하고 다시 동네에 나타났어요. 객지에서 고생만 하다가 다시 돌아온 것 같았어요.

그런 아저씨를 본 사과나무 그루터기가 그랬대요. 수고했다고, 자신을 의자 삼아 앉아 좀 쉬라고요. 나무의 마음씨가 참 고와요. 그런다고 체면도 염치도 없는 아저씨는 그루터기에 걸터앉아 담배만 뻑뻑 피워댔대요. 돌아오기는 했으나 먹고 살 길이 또 막막했겠지요.

그러자 사과나무가 또 그랬대요. 비록 그루터기만 남았지만 자신을 베어 도마로 만들어 장에 가져다 팔라고요. 그때부터 도마를 만들어 거창장에 내다 팔아 순식간에 아저씨는 부자가 되었대요. 4월부터 만들기 시작했다고 사람들이 아저씨의 도마를 사월도마라 부른대요.

이렇게 인간을 위해 아낌없이 모든 것을 주는 그 사과나무를 생각하면 나무가 사람보다 나아요. 제가 아는 분 중에는 이렇게 인간과 밀접한 관계를 유지하는 나무를 찾아 전국을 헤매는 분이 있어요. 그분은 수십 년 동안 오래된 나무를 찾아 대한민국을 다 돌아다녔대요. 그렇게 찾아다닌 나무 이야기를 『나무, 인문학으로 읽다』라는 책으로 내기도 했대요.

이 책에서는 나무가 그곳에서 자라며 긴 세월 동안 켜켜이 쌓인 나이테만큼이나 많은, 숨어 있는 이야기를 밝혔대요. 앵두를 좋아하는 아버지 세종을 위해 아들 문종이 심은 경복궁의 앵두나무부터 영양 낙기대의 굴참나무, 광주 칠석동의 은행나무, 예산 용궁리 백송, 무안 청천리 줄나무 등 우리나라

곳곳의 노거수 수십여 그루가 책 안에 다 있대요.

그래서 저도 한 권 주문했어요. 어디든지 갈 때 들고 다니려고요. 이 책 한 권이면 전국을 여행하면서 문득, 나무가 보고 싶으면 찾아갈 수 있을 것 같아요. 주문하면서 보니 한국출판문화산업진흥원 우수콘텐츠에 선정되어 발간한 책이네요. 믿고 사도 되겠어요.

그런데 안 씨 아저씨에게는 이 책을 절대 비밀로 해야 해요. 혹시라도 좋은 나무만 보면 도마가 몇 개 나오겠다며 군침을 흘릴지도 모르니까요. 지금부터라도 좋은 일이 있으면 기념으로 나무 한 그루 심어보세요. 어제는 마침 식목일이었으니까요.

매화 찾아 세계로

'봄툭툭급래망'

어젯밤 늦게, 지리산 산천재 할배께서 보낸 전보를 받았어요. 봄이 툭! 툭! 터진다는데, 어찌 급히 가지 않을 수가 있겠어요. 그래서 깜깜한 새벽에 안개와 어둠 속을 달려 지리산으로 갔더니 역시, 매화가 펑 펑 터지며 폭죽처럼 지리산 골짜기를 울리고 있었어요.

매화 하니 생각나는 분이 있어요. 제가 잘 아는 김홍도라는 화백이에요. 술도 좋아하고 그림도 잘 그려요. 어떤 것은 그림 한 점이 대궐 같은 기와집 한 채 값으로도 팔린대요. 그래도 화백님은 아직 벼룩이 통통 뛰어노는 초가삼간에 살아요. 알고 보면 가난한 이유가 다 있어요.

하루는 돈 많은 호구를 만나 자신의 그림 한 점을 3천 냥이나 받고 팔았대요. 그런데 그 돈을 어찌 썼는지 아세요? 2천 냥으로는 매화 화분을 사고, 8백 냥은 친구들과 술을 마셨대

양도영 지음

매화는 이른 봄 눈 속에서 피어나는 기개와 아름다움으로 인해 사람들이 좋아하는 꽃이다.

요. 이 부분은 아주 존경할 만해요. 그리고 남은 돈 2백 냥만 사모님께 가져다 드렸대요.

그러니 사모님이 뭐라 했겠어요. 당연히 육두문자 날렸겠지요. 네가 화백은 무슨 화백, 이 화상아, 라고 했대요. 그때부터 미운 사람에게 퍼붓는 '이 화상아!' 라는 욕이 생겼대요.

제 주위에는 김홍도 화백만큼 매화를 좋아하는 분이 또 있어요. 청송 안덕에 있는 눌인매화숲의 주인장 양도영 선생이에요. 눌인, 어눌한 사람이라는 매원 이름만 봐도 얼마나 겸손한 분인지는 알 수 있을 거예요.

김홍도 화백의 매화밭은 눌인매원에 비하면 쩝도 되지 않아요. 무려 10만 평이나 되는 산에 조성한 매원에도 곧 꽃이 피기 시작할 거예요. 빨갛고 흰, 또는 푸른 매화가 능선과 골짜기에 피면, 향기에 미쳐요. 매실 과수원의 매화가 아니라 완상용이기에 정말 좋아요.

저는 올해도 꼭 가볼 생각이에요. 갈 수 있는 **빽**이 제게는 있어요. 이제는 오지 마라 하셔도 제가 찾아갈 수 있어요. 가고 싶으면 말씀하세요. 어쩌면 제 카드를 활용할 수 있을지도 몰라요. 그런데, 개인이 오랜 시간을 투자해 힘들게 조성한 곳을 맨입으로 가면 양반집 자손의 도리가 아니겠지요.

그렇다고 입장료를 받지는 않아요. 그냥 매화에 관한 이야기나 매화 시 한두 편이라도 읽고 가는 게 좋겠다 생각해요. 그렇게 예습을 하고 가면 주인장이 아주 멋진 매화 얘기를 들려줄 거예요. 그냥 휴대폰 카메라나 들이대고 매화 가지 당겨서 냄새를 흠, 흠, 하는 것은 저 같은 사람이나 하는 행동이에요. 배운 분들은 달라야지요.

제가 듣기로는 눌인매원 주인장 양도영 선생도 매화에 관한 책을 썼대요. 수십 번의 중국 탐매를 다녀와서 쓴 책이래요. 제목이 정확히 기억나지는 않지만 중국의 탐매 명소라는 부제가 붙은 『매화 찾아 세계로-중국』이라고 들은 것 같아요. 혹시라도 이 책을 읽고 아는 체하며 찾아가면 더 반갑게 맞아주겠지요. 어떤 이는 이 책이 내용에 비해 책값이 너무 싸다며 출판사에 항의한 일도 있었다네요. 참 웃기는 사람이지요. 그래도 출판사에서는 고마웠을 것 같아요.

어쨌든 책을 읽고, 꼭 가고 싶으면 제게 말씀하세요. 가장

꽃 좋은 날에 제가 책임질게요. 꽃구경 가는데 무슨 놈의 책까지 읽어야 하는데, 그렇게 생각하시면 눌인매원은 영원히 볼 수 없을 거예요. 책도 읽지 않았으면서 너 갈 때 나도 같이 좀 가자, 이런 말씀은 더욱 마시고요.

어른이 읽는 동화

어제는 모처럼 단비가 왔어요. 그동안 너무 오래 가물었어요. 저는 맛을 보지 않아서 단비인지는 잘 모르겠지만, 동네 사람 모두가 신이 났어요. 분명히 누군가는 하늘을 향해 입을 벌리고 빗물 맛을 봤을 거예요. 그러셨죠? 정말 단맛이 나는지 확인하려고.

그러지 마세요. 세상에는 이렇게 힘들게 사는 사람들이 있어요. 꼭 맛을 봐야 아나요. 이런 분이 바닷물이 진짜 짠지, 맛을 봐요. 사실 그거는 저도 해 봤어요. 쪽팔려서 말을 못해 그렇지 맛을 보고는 '언 놈이 단비라 카더노' 하며 속았다는 오지랖 넓은 분이 있을 거예요. 그래서 우리 속담에도 있잖아요. 꼭 찍어 맛을 봐야 된장인 줄 아느냐고.

아, 오지랖 말이 나온 김에 오지랖계의 지존 이야기 하나 해 드릴게요. 우리 동네에 사는 아지맨데, 동네 사람들이 산청띠기라는 택호도 버리고 그냥 오지랖이라 불러요. 아마 아지매

이수경 지음

읽으면서 눈물이 고이고, 콧물을 훌쩍이게 되
지만 그래도 고개를 끄덕이게 되는 사랑 이야
기입니다.

의 고향이 지리산 아래 산청인가 봐요. 우리 아지매 오지랖이
얼마나 넓은지 태평양을 덮고도 남는대요.

원래 오지랖은 좋은 뜻으로 쓰이지 않아요. 그런데 우리 아
지매에게는 달라요. 좋은 뜻으로 동네 사람들이 사용해요. 말
이라는 게 그렇잖아요. 우리가 언제 국어사전 뜻풀이에 따라
사용했나요. 우리가 사용하는 말을 국어사전에 기록했지요.
그러니 얼마든지 뜻을 추가해도 돼요. 물론 사전 편찬하는 사
람들은 싫어하겠지만요.

어쨌든 우리 동네 사람들은 아지매의 오지랖을 엄청 좋아
해요. 우리 아지매 하루 일과가 뭔지 아세요? 눈만 뜨면 온 동
네 사람들 일을 간섭하는 거예요. 아니, 간섭이라는 말보다는
도와준다는 말이 더 맞겠네요.

지난 일요일에도 제가 직접 봤어요. 동네 식당에 갔더니 어
떤 할머님께 닭 다리 살을 발라 입에 넣어드리고 있었어요.

처음에는 잘 아는 분이겠지 생각했어요. 그런데 그게 아니었어요. 그 할머니는 식당에서 처음 만난 분이래요. 할머니가 살을 발라 드시는 게 힘들어 보이자 우리 오지랖 아지매가 도와 준 것이래요. 마치 친딸처럼요.

또 언젠가는 뇌졸중 후유증으로 손을 떠는 어르신의 비빔밥을 대신 싹싹 비벼드리는 것도 봤어요. 이것뿐이 아니에요. 동네 사람들의 소문에 의하면 전단지 돌리는 여학생을 불러 집에서 토스트를 만들어 먹이고, 골목에서 방황하는 남의 아이도 대뜸 '아들아!' 부르며 보듬고, 팔리지 않는 오징어 구이에 눈물을 훔치는 아가씨를 위해 맛나다고 외치며 호객 행위를 하는 것도 봤대요.

어때요? 이만하면 우리 아지매 오지랖 넓이 알만하죠? 그런데 이 아지매가 얼마 전에 큰 사고를 쳤어요. 사고라니 남을 때리거나 교통사고가 아니에요. 정말 놀랍게도 책을 냈다는 거예요. 이것보다 더 큰 사고가 어디 있겠어요. 동네 사람들 모두 기뻐하면서도 엄청 놀랐어요. 솔직히 저도 그랬어요. 이런 일은 꿈에도 생각 못 했거든요.

밤낮 없이 동네방네 사람들 일에 간섭하느라 바쁜 사람이 언제 책을 썼냐는 것이지요. 어쨌든 참 기쁘고 대단한 일이에요. 우리 아지매가 작가라는 것을 아무도 몰랐기에 놀라움은 더했어요. 하기야, 『몽실언니』의 권정생 선생님도 돌아가시기 전에는 마을 사람들이 아무도 작가인 줄 몰랐다고 하니, 그럴 수도 있겠다 싶었어요.

책 제목도 참 좋아요. 『어른이 읽는 동화』라는 산문집이었어요. 산문집 이름이 어른이 읽는 동화, 좀 이상하지 않아요? 동화책은 애들이나 읽는 책이잖아요. 그래 생각하고 읽지 않았으면 큰일 날 뻔했어요. 읽고 나니 정말 제목을 잘 지었다는 생각이 들어요.

책에는 늘 봐오던 아지매의 일상과 생각이 한 편의 동화처럼 실려 있었어요. 정말 감동했어요. 아마 읽고 눈물 좀 짜낸 사람이 많을 것 같아요. 이렇게 살지 못한 자신의 삶을 후회하거나 아지매가 고마워서 그럴 것 같아요.

다 읽으면 세상에 이런 사람도 있구나, 하고 가슴이 먹먹함을 경험하실 거예요. 그러지 않고 이런 사람이 세상에 어디 있노, 다 책 팔아먹으려고 출판사에서 꾸민 이야기지, 하시는 분도 있을 수 있어요. 그렇게 의심 많은 사람은 분명히 남 몰래 빗물이 단맛인지, 정말 맛을 봤을 거예요. 확실해요.

그래서 제가 우리 아지매 책 『어른이 읽는 동화』를 권하는 거예요. 책은 본인 좋으라고 읽는 것이지, 출판사나 작가 좋으라고 사서 읽는 것은 아니잖아요. 그러나 정말 빗물이 단지

하늘로 입 벌리고 맛본 분들은 사지 마세요. 책 팔아먹으려고 출판사와 작가가 짜고 온갖 거짓말 다 한다고 소문 낼 거잖아요.

특히 아지매의 책에는 아주 예쁜 우리 토속말이 많이 등장해서 좋았어요. 이 좋은 말을 어떻게 다 알고 있는지 모르겠어요. 사전 찾는 재미가 아주 쏠쏠해요. 원래 출판사에서는 한 단어에 얼마씩 가격을 매겨 책값을 정하려고 했대요. 그런데 우리 아지매가 절대 안 된다며 반대했다네요.

역시 맘씨 좋은 우리 아지매 이수경 작가예요. 봄꽃처럼요.

시간의 황야를 찾아서

"샛바람 사이를 긋던 빗방울이 멎자 금방 교교한 달빛이 계곡의 억새밭으로 쏟아져 내렸다. 계곡에 널린 돌과 바위들이 차갑게 빛났다. 이경이나 되었을까. 신선봉 협곡으로 내리쏟아지는 바람결에 간간이 여우 울음소리가 섞어 들려왔다."

김주영 선생의 『객주』를 다시 읽어요. 사실 이 첫 부분만 읽어도 『객주』는 다 읽은 것이나 마찬가지예요. 이 책을 읽으니 저도 열심히 노력해서 객주가 되고 싶어요. 팔아먹을 소금이나 물고기가 없으니, 그냥 책이라도 가지고 객주가 될 거예요. 돈만 된다면 봇짐도 지고 등짐도 질 거예요. 빨리 객주가 되어 돈 많이 벌고, 천봉삼이처럼 폼도 잡아보고, 매월이도 만나고, 그렇게 살고 싶어요.

오늘은 거상이 되는 법을 배우려고 보부상을 하는 봉삼이 형님을 만나러 청송 진보로 갔어요. 마음을 다지기 위해 야송

천영애 지음

작품 속의 가슴 저미던 문장들은 깊숙이 숨
겨진 곳에 그 행간을 숨기고 있다.

미술관에 가서 50미터에 가까운 청량대운도를 알현하고, 진
보장터에서 청양고추 듬뿍 들어간 짬뽕 한 그릇에 땀 뻘뻘 흘
리고, 그리고 객주문학관 들어서니 봉삼이 형이 매월이랑 빨
갛게 물든 단풍나무 아래에서 기다리고 있었어요. 참 반가웠
어요.

문학작품을 읽고 그 작품의 배경지를 찾는 재미는 아주 쏠
쏠해요. 정말이에요, 한번 해 보세요. 그런데 저처럼 직접 찾
아가면 돈도 들고 힘도 많이 들어요. 그것을 힘도 돈도 들이
지 않고 해결하는 방법이 있어요. 바로 천영애 작가가 쓴 『시
간의 황야를 찾아서』라는 책을 사서 읽는 것이에요. 대구에서
청송 진보까지 다녀오는 통행료만 해도 충분히 책 한 권 사고
남아요. 기름값으로는 남는 시간에 통닭을 사 드시며 책을 읽
으세요.

문학기행에서는 절대 느낄 수 없는, 그 무엇을 작가가 전해

주는 책이에요. 천영애 작가만이 쓸 수 있는 책이에요. 절대 책 광고하려는 것 아니에요. 읽기 싫으면 읽지 마세요. 그렇게 좋은 책이면 나나 마이 읽어라, 나는 검색하면 다 나온다. 그러세요. 그렇게 살아요. 누가 답답하겠어요. 좋은 책 읽지 못하고 사는 사람이 손해지.

코로나 재난지원금 준다고 살림살이 팍팍한 나라에서도 이 책은 꼭 찍어서 국민 모두가 읽어야 한다며 목돈을 보태주었어요. 그러니 출판사 굶어죽을까 봐 손톱만큼도 걱정하실 필요 없어요. 나라에서 우수콘텐츠로 선정해 목돈을 주면서 출간하라고 한 것은 내용 보증은 물론 독자들 부담 주지 말라는 뜻이에요.

나라에서도 목돈을 주는 이유가 다 있어요. 이 돈 줄 테니, 너거 고생해서 다른 사람들 고생하지 않고 즐길 수 있도록 해라, 그런 뜻 아니겠어요? 그래서 제가 비싼 기름 때고, 통행료 내면서 다녀왔어요. 기름값과 통행료는 나라 돈이 아니고, 제 돈이에요. 나랏돈 받아먹은 죄니까 원망은 하지 않아요. 점심으로 먹은 짬뽕값도 마찬가지예요.

이 책 한 권이면 대구경북의 웬만한 문학작품 배경지는 누워서도 다 알 수 있어요. 가보지 않고도 몇 번 가 본 척할 수 있다는 말이에요. 글과 함께 저자가 직접 찍은 사진이 있기 때문에 절대 들킬 염려가 없어요. 거듭 말씀드리지만 책에 나오는 어디든 오가는 고속도로 통행료만 해도 이 책 한 권 사고도 남아요. 그러면 기름값과 짬뽕값은 그냥 남겠지요. 부자가 되는 길은 여기에 있어요. 이런 계산 할 수 없으면 부자가 될 수 없어요.

통행료나 기름값 아깝지만 이렇게 좋은 곳은 죽어도 가 보고 싶은 분도 있을 거예요. 그러면 다녀오세요. 대신 이 책을 꼭 읽고 가세요. 그래야 가족이나 친구들과 함께 가면 아는 체하며 폼 잴 수 있어요. 그리고 한 가지 더, 절대 남들이 보는 앞에서는 이 책을 읽지 마세요. 모두 잠들거나 아무도 없는 곳에서 읽어야 현장에서 유식하게 보이고, 폼도 나요. 그렇잖아요? 책에 나오는 내용 리바이벌하는 것이야 누가 못하겠어요.

전환시대의 민주주의

어젯밤에는 우리 동네에도 봄비가 왔어요. 수억을 주고도 살 수 없는 가치가 있대요. 그러고 보니 꽃들이 아침부터 싱글벙글해서 덩달아 좋아요. 그런데, 인간들은 달라요. 남사스러운 이야기지만 그저께 우리 동네에서는 큰 싸움이 벌어졌어요. 그것도 성당 신부님과 이웃집 아저씨의 싸움이었는데, 결국 경찰까지 출동했대요.

이 두 사람은 전생에 아마 형제나 부부였나 봐요. 만나면 서로 사탄을 보듯이 원수로 생각하는 걸 보면요. 원수를 사랑하라는 하느님의 말씀, 이분들에게는 소용되지 않아요. 싸운 이유도 참, 기가 차요. 아 글쎄, 아저씨가 신부님에게 그랬대요.

"신부님 그거 알아요, 지구는 태양을 중심으로 돈다는 거."

그러자 신부님이 귀신 씨나락 까먹는 소리 하지 마라며 티격태격하다가 결국 아저씨를 경찰서에 신고하는 일이 생긴 거래요.

경북대학교 민주화교수협의회 지음

지식만으로 믿고 있는 그 무언가가 불변의 진리라고 생각한다면 나는 심각한 착각에 빠져 있다고 자인해야 한다.

솔직히, 신부님도 좀 그래요. 지구가 태양을 중심으로 돌면 어떻고 나를 중심으로 돌면 어때요. 그게 내가 사는 데 또 무슨 상관이 있겠어요. 지구는 도는 게 자기 일이고 나는 내 일이 따로 있는데,

경찰이 와서 아저씨를 보고 신부님께 사과하라 했대요. 그런데 이게 사과할 일인가요. 그래서 아저씨도 거부했대요. 결국 경찰에 잡혀가면서도 끝까지 그랬대요. "민주주의 국가에서 이래도 되나? 아무리 날 잡아가도 지구는 돈다."라며 큰소리쳤대요. 참 대단한 아저씨예요.

그런데 더 놀라운 일이 생겼어요. 감옥살이 할 줄 알았던 아저씨가 이튿날에 다시 동네에 나타났어요. 그것도 책 한 권을 손에 들고 싱글벙글하며 동네에 다시 나타났어요.

"민주주의 국가에서 사람을 이렇게 마음대로 잡아와도 되느냐고 내가 큰소리 쳤지. 그랬더니 높은 양반이 미안하다며

이 책 한 권만 읽으면 풀어줄게요 하더구만, 그래서 내가 그 사람이 불쌍해 하룻밤에 다 읽고 나왔지."

　책 한 권을 하룻밤에 다 읽는, 제 생각에는 아저씨께 이보다 더 큰 형벌은 없었을 거라 생각했는데, 의외였어요. 평생 책 한 줄 읽지 않는 사람에게 300쪽에 가까운 책을 다 읽으라니, 어쩌면 무기징역보다 더한 형벌일 수도 있는데 말이에요.

　그날부터 아저씨는 동네 사람들을 만날 때마다 의기양양하게 큰소리쳐요.

　"아, 이 사람들아, 나처럼 책 좀 읽고 살아라, 그래야 지구가 도는 줄도 알지."라고요.

　더 놀라운 것은 무협지나 한 권 읽고 나온 줄 알았더니 아저씨가 들고 있는 책은 『전환시대의 민주주의』라는 전혀 어울리지 않는 책이었어요. 참, 이래저래 기절할 노릇이지요.

　그래서 저도 『전환시대의 민주주의』라는 책이 어떤 내용인지 궁금해 바로 구입해 읽었어요. 그런데 아저씨가 책을 읽고 당당하게 소리치는 이유를 쉽게 알았어요. 이 책 속에 '그래도 지구는 돈다' 라는 꼭지가 있었거든요. 죽으나 사나 '지구는 돈다' 라고 주창하던 아저씨가 책을 읽은 이유를 알았어요.

　"지금까지 쌓아온 지식만으로 믿고 있는 그 무언가가 불변의 진리라고 생각한다면 나는 심각한 착각에 빠져 있다고 자인해야

하는 것이다. 내가 맞다고 주장하기 이전에 내가 정말 맞는 것인
지에 대해 진지하게 고민해야 한다. 진리는 내 안에 있는 것이 아
니기 때문이다."

저는 이 문장이 특히 마음에 들었어요.

이 책을 읽으니 저도 마음의 눈이 환해지는 것 같았어요. 심
청 양의 부친이 라식 수술 후에 처음 세상을 봤을 때 아마 이
런 기분이 아니었을까 생각해요. 그런데, 더 이상한 것은 책
한 권에 무려 열두 명의 작가들 생각이 담겨 있다는 것이었어
요. 그것도 모두 경북대 민교협 소속 교수들이래요.

책 한 권 값으로 열두 명의 생각을 읽을 수 있도록 엮은 출
판사는 정말 부자인가 봐요. 열두 권을 만들어 돈을 벌 수 있
는데, 한 권에 다 집어넣었어요. 아마 사장이 물려받은 돈이
많거나 자갈논 땅값이 많이 올랐나 봐요.

봄비 오니 정말 좋아요. 산에 가서 철쭉이나 생강나무가 있
으면 한 그루 모셔올까 생각해요. 그렇다고 경찰에 신고하지
는 마세요.

저는 갇혀서 책 한 권 다 읽을 자신이 없어요.

더구나 『전환시대의 민주주의』처럼 수준 있는 책은 더욱
자신 없어요.

식물에게 배우는 인문학

이팝나무 아시죠?

꽃이 하얀 이밥을 닮았다고 붙여진 이름이래요. 그 이팝나무 노거수가 계절을 아는 데는 기상청 슈퍼컴퓨터보다 낫대요. 기상청에서 들으면 기분 나쁘겠지만, 산림청에서는 이팝나무를 많이 심어야 할 이유가 생겼어요.

제가 잘 아는 선배가 몇 년 전에 귀농을 했어요.

농민사관학교도 다니며 나름대로 철저히 귀농을 준비했지요. 귀농 첫해에 농촌기술센터에서 알려주는 시기에 참깨를 심으니 마을 할머니가 그러시더래요. 지금 심지 말고 버들가지 잎이 새끼손톱만큼 자랐을 때 심어야 한다고.

속으로 그랬겠죠, 저 할매보다야 기술센터 지도사가 낫겠지, 라고. 그래서 배운 대로 넓은 밭에다 참깨를 다 심었대요. 참기름도 실컷 먹고 참깨를 팔아서 돈을 만들겠다고. 그런데 결과는 한 해의 노력이 허사가 되었대요.

이동고 지음

지구의 주인인 식물, 제대로 알아야만 사랑
도 가능하다.

그다음부터는 무엇이든 마을 어르신들이 심을 때에 따라
해서 지금은 농산물을 후배들에게 강매할 정도가 되었어요.
그래서 이 책의 작가가 그런 말을 했을 거예요. 이팝나무 노
거수가 기상청 슈퍼컴퓨터보다 낫다고. 말이 그렇지 설마 이
팝나무가 슈퍼컴퓨터보다 낫기야 하겠어요.

그건 그렇다 치고, 책 제목도 좀 그래요. 식물에게 인문학을
배운다니요. 인문학자들이 들으면 기가 찰 제목이지요. 사람
살이를 식물에게 배운다니 말입니다.

누구는 그랬대요. 밉게 보면 잡초 아닌 풀이 없고 곱게 보면
꽃이 아닌 사람 없다고. 그렇지만 저는 잡초라면 징글징글해
요. 농사 지어 본 사람들은 제 맘을 아실 거예요. 식물에게 뭘
배울 게 있다고 이런 제목으로 책을 펴냈는지 모르겠어요.

그래도 뭔가 믿는 구석이 분명히 있겠거니 좋게 생각하려
고 해요.

문화예술위원회에서도 좋은 책이라고 문학나눔 도서로 선정한 것을 보면 분명히 식물에게도 뭔가 배울 게 있나 봐요. 그래서 저도 이 책을 한번 읽어보기로 했어요. 혹시 제목처럼 인문학 소양이 쌓이고 남들에게 잡초보다는 예쁜 꽃으로 비춰질지 모를 일이니까요.

그곳에 희망을 심었네

"페스트균은 결코 소멸하지 않고 항상 어딘가에서 인간을 위협한다. 선의의 연대로 재앙에 저항하라!"

늘 담배를 삐딱하게 꼬나물고 있는 아저씨 아시죠? 맞아요. 카뮌가 까뮌가 그 아저씨 소설 『페스트』에 나온 말이에요. 맞는 말 같아요. 살아오면서 언제 질병이 없었던 때가 있었나요. 코로나도 벌써 2년이 넘었네요. 그동안 모두 애 많이 썼어요. 특히 사모님들이 더 고생하셨어요. 재택하거나 땡 하면 들어오는 땡칠이들 때문에.

곧 예전의 일상으로 돌아간다는 뉴스를 봤어요. 실컷 두들겨 맞고, 한 번만 더 때리면 가만 안 둔다, 뭐 이런 기분이 들지 않는 것은 아니지만, 어쨌든 이 지난한 세월을 큰 탈 없이 견뎌낼 수 있어서 정말 다행이에요.

2년 전 대구의 봄이 생각나네요. 참 암담했지요. 들도 보도

이재태 엮음

이 싸움에서 이기려면 내가 곧 너이고, 네가
곧 나인 듯 서로를 지켜야 한다.

못한 코로나 때문에 그저 남의 탓만 했지요. 대구 사람들 욕
많이 먹었어요. 또 어떤 아지매는 혼자 몰매를 맞았지요. 지
금의 상황을 보면 그 아지매, 참 억울할 거예요. 우리가 너무
했어요. 그분은 이제 31번 버스도 타지 않을 것 같아요.

『페스트』에서 리외가 그랬던 것처럼 우리 대구에도 코로나
시절에 많은 영웅이 있었어요. 그중에서도 목숨을 걸고 대구
를 위해 애써주신 의료진들이 참 고마워요. 이분들의 노력과
희생으로 발생 51일 만에 대구에 확진자가 한 명도 없는 경이
로운 날이 있었어요.

"나는 나를 위한 시간, 내가 즐길 수 있는 시간, 내가 더 편할
수 있는 시간과 누군가를 돌보아야 하는 인내의 시간을 맞바꾼
것이 아니다. 나를 필요로 하는 그 시간 그 장소에 내가 있다는
것, 그곳에는 겪어봐야 하는 희열이 분명히 있다. 그리고 누군

가는 꼭 지켜야 할 그 자리에 내가 있을 수 있다는 것, 그 자리를 감당할 만한 능력이 준비되어 있다는 것은 불평할 일이 아니라 감사할 일이라는 것이다."

글 참 좋죠? 세계 명언 명문장에 반드시 수록되어야 할 문장이에요. 경북대병원 이은주 간호사가 처음 코로나가 발생하자 음압중환자실에 자원 근무하면서 느낀 점을 적은 글이래요.『그곳에 희망을 심었네』라는 책에 실렸대요. 두려움을 이렇게 사명감으로 버틴 분들이 참으로 고맙고 존경스러워요. 이순신 장군도 그랬대요.

『그곳에 희망을 심었네』라는 책을 혹시 읽어보셨는지 모르겠네요. 그 어려운 시기를 보낸 의료진들의 기록을 파노라마처럼 생생하게 보여주는 책이라더군요. 대구에서 코로나 치료현장에 있었던 의료진 36명의 생생한 기록이 담긴 책이래요. 코로나가 처음 터진 그 경황없는 시간에도 이 책을 썼다네요. 그것도 멀리에서 대구를 위해 달려오신 분들까지요.

이분들을 보면 바빠서 글 한 줄 못 읽고, 못 쓴다는 사람은 정말 거짓말쟁이예요. 저도 아직 읽지는 못했지만 21세기의 난중일기라 해도 될 것 같아요. 정말 귀하고 좋은 책이라고 들었어요. 그래서 저도 코로나가 끝나면 한 권 사서 읽어볼 생각이에요. 지금은 꽃구경하기에도 너무 바빠 책 한 줄 읽을 시간이 없거든요.

소문에 의하면 이 책을 발간한 출판사 사장은 돈 욕심이 엄청나대요. 심지어 눈이 어두워 책을 못 읽겠다며 핑계 대는 사람들에게까지 팔아먹으려고 『그곳에 희망을 심었네』는 전자책이나 오디오북으로까지 만들어 판대요. 이러면 더 이상 핑계 댈 것이 없어 읽지 않을 수 없다는 것을 아는 것이지요.

어떤 방식으로든 팔아먹겠다는 사장의 장사꾼 기질, 이런 것은 모두 보고 배워야 해요. 그래도 워낙 돈 욕심이 많아서 남들 다 받는 재난지원금 못 받았다고 늘 십장생이나 시베리안허스키를 입에 달고 산대요.

그래도 참 다행인 것은 코로나가 아무리 설쳐도 제 출근길은 때를 맞춰 움직여 준다는 것이에요. 아침에도 확인했어요. 때 되면 싹 틔우고, 꽃 피우고 낙엽 지는 과정을 절대 건너뛰는 법이 없어요. 코로나만 없으면 꽃이나 낙엽이 더 환하게 출근길을 밝혀줄 것 같아요. 올봄에는 우리 다 같이 마스크 벗고 아카시 향기도 실컷 맡아 봐요.

지금, 바다로 가는 버스를 탈 수 있을까

"국경의 긴 터널을 빠져나오자, 설국이었다."

아시죠? 어느 소설의 첫 대목인지. 생각만 해도 참 부러운 풍경이에요. 지난겨울에 대구에는 눈이 한 송이도 오지 않았어요. 한때는 대구에도 폭설이 오기도 했어요. 그래서 사람들이 눈을 더 많이 기다려요.

이제 대구는 눈이 한 송이도 오지 않는, 사막의 도시가 되었어요. 도저히 더 기다릴 수 없어 무작정 바다로 가는 버스를 탔어요. 바닷가 어디쯤에 설국이 있다는 소문을 들었거든요. 사람이 겨우내 눈을 한 번 밟아보지 않는다는 것은, 그 삶이 그만큼 팍팍하다는 뜻이에요.

무작정 떠났어요. 설국이 있다는 바닷가로. 바닷가에 닿자마자 어떤 아지매가 다가와 다짜고짜 제게 묻는 거예요. 혹시 자신의 남편 소식을 들었느냐고. 참 기가 차요. 그 아지매도

최영실 지음

가만히 눈을 감고 시간을 거슬러 가보면 그 때는 보지 못했던 아름다웠던 순간들이 빼곡하게 다시 펼쳐진다.

처음 보는 사람인데, 제가 그 남편을 어떻게 알겠어요.

그래도 어쩌겠어요, 사람이 양심이 있지. 간절한 사람을 모른다고 냉정하게 뿌리칠 수는 없잖아요. 요약하면 이런 거예요. 박씨 성을 가진 남편이라는 작자가 아지매와 딸을 두고 몰래 바다 건너 일본으로 야반도주했다는 거예요. 그래서 그 남편을 매일 기다린대요.

남편 친구들 이야기로는 왕자를 구하러 갔다는데, 그 말을 어떻게 믿어요. 저는 믿지 않아요. 분명히 빚 때문이거나 다른 여자와 야반도주 했을 거예요. 대부분 야반도주 하는 인간들이 그렇거든요. 그렇지 않으면 배 타러 가는 길에 집이 있는데, 왜 들르지도 않고 몰래 갔겠어요?

듣고 보니 괜히 제가 화가 났어요. 그래서 그랬죠. 그런 인간을 뭐 하려고 기다리느냐고, 가다가 풍랑을 만나 뒤지든지 말든지. 잊으라고 했지요. 만약에 살아서 다시 돌아오더라도 절대 받아주지 말라고 했어요. 그렇잖아요. 얼마나 무심한 인간이에요.

지가 무슨 독립운동을 하는 것도 아니고, 얼마나 큰일을 한다고 가족까지 다 버리고 야반도주를 해요. 혹시라도 그런 생각을 가진 인간이 옆에 있다면 일찌감치 호적을 파 버리세요. 같은 호적에 있을 가치도 없는 인간이에요. 발본색원, 아시잖아요.

그래도 아지매는 절대 그럴 수 없다는 거예요. 자기는 죽어 새가 되어서라도 남편이 있는 일본까지 찾아가고 싶다는 거예요. 아니면 기다리다 돌이 되어도 좋다는 거예요. 속으로는 그랬죠. 아예 헤엄을 쳐서 찾아가시지, 라고요. 그래도 그런 말까지는 차마 할 수 없겠더라고요.

그래서 남편을 만나면 꼭 데려오겠다며 달래고 헤어졌어요. 어쩌겠어요. 저는 설국을 보러 왔지 남의 하소연을 들으러 온 게 아니잖아요. 솔직히 그 아지매도 답답한 양반이었어요. 어쩌면 저렇게 집착하니 몰래 해외로 튀었지, 라는 생각이 잠시 들기도 했어요.

그렇게 몇 달이 흘렀을 거예요. 어느 날 책이 한 권 우편으로 왔어요. 그런데 발신인도 없어요. 그냥 율포에서, 라고만 적혀 있었어요. 감이 딱 왔어요. 언젠가 설국을 찾아 바다로 갔을 때, 남편을 찾던 그 아지매가 보낸 것이라는 생각이 들었어요.

봉투 안에는 파란 바다색을 닮은 껍데기의 책이 한 권 들어 있었어요. 제목도 『지금 바다로 가는 버스를 탈 수 있을까』, 무슨 암호 같다는 생각을 했어요. 이 아지매가 나를 부르는구나, 지금 버스를 타고 바다로 오라는, 그런 부름이구나 하는 생각이 언뜻 들었어요.

그래서 바로 나가 바다로 가는 버스를 탔어요. 바다에 도착하는 순간, 정말 기막힌 소리를 들었어요. 그 아지매가 얼마 전에 죽었다는 거예요. 매일 그 인간이 도망친 바다가 보이는 산꼭대기에 올라가 기다리다 바위에서 떨어져 죽었다는 거예요.

얼마나 기가 차고 안타까워요. 사람들 이야기를 들으니 정신도 좀 이상했던 것 같아요. 날아가는 새만 봐도 "나도 너희들처럼 날아갈 수 있으면 우리 남편이 있는 일본까지 갈 텐데."라며 한탄했대요. 심지어는 새를 잡아 자신의 말을 외우게 해 일본까지 전하려고 했대요.

그래서 하늘을 나는 새만 보면 잡으려고 했대요. 그런데 날아다니는 새가 실성한 아지매 손에 잡히겠어요? 그렇게 새를 잡으려고 하다가 바위에서 떨어져 죽었다는 거예요. 모르겠어요. 정말 소원대로 죽어 새가 되어 남편을 찾아갔는지,

갔다면 보고 싶었다고 했는지 아니면 온갖 쌍욕을 퍼부었

는지는 모르겠지만, 사람들은 그래요. 아마 새가 되어서 그 인간을 찾아갔을 거라고. 그래서 더 화가 나요. 제가 웬만하면 실명을 밝히지 않으려 했는데, 속이 상해 밝혀야겠어요. 그 아지매 남편이라는 인간 이름이 박제상이래요.

몇 년이 지난 지금 생각해도 그 아지매가 불쌍해요. 그래서 무슨 마음으로 제게 보냈는지 몰라도 『지금 바다로 가는 버스를 탈 수 있을까』라는 새파란 책에 더 애착이 가요. 한여름에 읽어도 눈 내리는 바닷가를 여행하는 기분이 들도록 해 주는 책이에요.

"그래, 남겨둔다. 이토록 아름다운 것은 두고두고 남겨두었다가 삶에 치여 흙투성이 무릎을 털면서 오거나, 더 이상 오를 것이 없어 사는 것이 시시해질 때 오만함을 주머니에 푹 찔러 넣고 오면 된다."

저는 이 구절만 읽으면 자꾸 어디든 떠나고 싶어요. 지금 밖으로 나가 보세요. 혹시 바다로 떠나는 버스가 있는지. 있다면 타고 바로 떠나보세요.

바늘 같은 몸에다가 황소 같은 짐을 지고

우리 동네에는 정말 노래를 잘 부르는 아저씨가 있어요. 우리나라에서는 가장 잘한다고 사람들이 칭찬을 해요. 사람이 좀 어리숙하게 생겨서 그렇지, 정말 심성도 착하고 말도 재미있게 잘해요. 그래서 애 어른 할 것 없이 모두 좋아해요. 촌스러운 것은 총각 시절에 나무꾼으로 살았기에, 어쩔 수 없나 봐요.

아저씨가 처음부터 노래를 잘한 것은 아니었어요. 솔직히 예전에 제가 듣기에는 보통 사람들보다 특별히 나은 것은 아니었다는 생각이에요. 그런데 지금은 용이 되었어요. 용, 많이 보셨죠. 구름을 뚫고 하늘로 승천하는 그 용이 아니라 최고가 되었다는 말이에요. 그래서 사람들은 부인이 용왕이라고 농담을 해요, 용을 만들었다고요. 시집와서 나무꾼을 말쑥한 최고의 소리꾼으로 만들었기 때문이에요.

사실 이 아저씨는 처음부터 소리꾼은 아니었어요. 나무를

김준호, 손심심 지음

학교에서 선생님이 내준 산수 문제를 못 풀면 "답은 엿 바꿔 먹었냐."라며 꿀밤을 얻어 맞았다.

해다 장에 내다파는, 그냥 산골의 나무꾼이었어요. 노래라고는 나무하러 다니면서 지게작대기를 두드리며 흥얼거리는 정도였을 거예요. 그런 아저씨가 명창이 되는 계기가 바로 결혼이었어요.

그런데, 지금 생각해도 충격이었어요. 아저씨가 결혼하는 잔칫날에는 동네 사람들 모두 기절하는 줄 알았어요. 터벅머리에 시커멓던 사람에게 정말 예쁘고 똑똑한, 천사 같은 분이 시집을 온 것이었어요. 그렇게 예쁘고 똑똑한 분은 저도 처음 봤어요.

그런 분이 왜 이런 나무꾼에게 시집을 왔는지 몰라요. 그러니 동네에서는 온갖 소문이 무성했어요. 심지어는 새댁이 어느 나라의 공주인데, 왕이 정해준 곳으로 시집가기 싫어서 산골로 들어와 숨어 살려고 왔다는 소문까지 있었어요. 아무리 산골 사람들 소문이라도 그렇지, 그게 말이나 되겠어요. 미쳤다고 공주가 산골 나무꾼에게 시집을 왔겠어요.

그런데 그 부인은 정말 달랐어요. 시집온 첫날부터 호롱불 밑에서 노래책을 펼쳐 놓고 남편에게 노래를 가르치기 시작했어요. 시집오면서 가져왔는지 몰라도 항상 밥상 위에 노래책을 펼쳐 놓고 나무꾼에게 밤새 가르치는 것 같았어요.

지금도 그 노래책은 생각이 나요. 제목이 『바늘 같은 몸에다가 황소 같은 짐을 지고』였어요. 비록 나무꾼으로 살지만 노래를 못하면 출세하지 못한다고 부인이 생각했었나 봐요. 어쩌면 전국노래자랑이라도 한번 내 보내 상품이라도 타 오게 하고 싶었는지도 몰라요.

이런 사람들이 어떻게 부부로 만났는지 모르겠어요. 어쩌면 노래책 뒤에 펜팔 주소가 있었는지도 모르겠어요. 그때는 그랬어요. 노래책 뒤에 청춘남녀의 주소를 올려두고 펜팔을 하게 했어요. 그럴 수도 있겠네요. 아저씨와 부인이 펜팔로 만났을 수도 있겠어요. 그러니 그 책을 그렇게 아꼈나 봐요. 아, 제가 그 생각을 미처 못 했네요.

이제는 어디 가서 노래 못하면 장가 못 간다는, 그런 노래 부르지 마세요. 아저씨 한번 보세요. 장가를 얼마나 잘 갔어요. 어쨌든, 부인은 그렇게 하루도 빠지지 않고 노래를 가르쳤대요.

후에 들은 이야기로는 아저씨께 한 곡을 제대로 가르치기 위해 600번이나 같은 노래를 부르며 따라 하라고 했대요. 생각해 보세요. 배우는 사람은 몰라도 가르치는 사람이 같은 곡을 600번이나 불렀다니, 말이나 되겠어요?

저 같으면 여섯 번도 못 불러요. 그런데, 거짓말처럼 같은 노래를 600번째 부르자 아저씨의 목소리가 하늘이 낸 것처럼 아름답게 나오더래요. 정말이에요. 오늘부터 한번 따라해 보세요. 『바늘 같은 몸에다가 황소 같은 짐을 지고』라는 노래책을 우선 구하시고, 똑같은 노래 600번 불러보세요. 그러면 아저씨처럼 노래로 사람의 마음을 맘대로 웃고 울게 할 수가 있게 될지도 몰라요.

그런데 어제, 우연히 텔레비를 보는데 아 글쎄, 이 아저씨가 텔레비에서 노래를 부르는 거예요. 상주아리랑이라는 노래였는데, 정말 기가 막히게 잘 불렀어요. 먹고 살기 어려운 시절에 농사지을 땅을 찾아 만주로 갔던 상주 사람들이 불렀던 노래라네요. 그래서 상주아리랑이라 한대요.

아리랑 아리랑 아라리요 아리랑 고개를 넘어간다
괴나리봇짐을 울러매고 백두산 고개를 넘어간다
쓰라린 가슴을 부여안고 만주라 천리로 넘어간다
아버지 어머니 어서와요 북간도 벌판이 좋답디다
문전옥답을 다 빼앗기고 만주땅 신세가 웬말인가

얼마나 애절하고 질퍽하게 부르던지, 아저씨의 노래를 들으며 사람들이 울고불고 난리가 났어요. 아마 옛날 먹고 살기가 힘들어 만주로 가던 때가 생각났나 봐요. 그러지 않고서야 아무리 노래를 잘 불러도 그렇게 감동할 수는 없잖아요.

저도 그 방송을 보고 당장 민요교실에 등록하려 했어요. 그러나 곧 포기하고 말았어요. 생고생하면서 배우지 말고 그냥 잘하는 사람 소리를 찾아 듣는 게 좋겠다는 생각이 들었기 때문이에요. 또 배운다고 노래가 된다는 보장도 없잖아요. 600번을 따라 부를 자신은 더욱 없고요.

책 읽어주러 가는 길입니다

오월은 장미의 계절이에요. 그런데 올해는 달라요. 선거의 계절이에요. 출근길에 보면 수많은 사람들이 서로 더 좋은 세상을 만들겠다고 목이 터져라 소리쳐요. 이렇게 사람들을 길거리로 내모는 나라가 더 나빠요. 1등만 뽑는 이런 선거는 당장 그만 둬야 해요. 목숨이라도 바치겠다는, 머슴이 되어 우리를 주인으로 모시겠다는 저분들에게 한 달씩이라도 골고루 기회를 줘야 해요. 그러면 바로 우리 사는 세상은 천국이 될 거예요.

옛날, 우리 동네에는 서당 훈장을 하는 공씨 성을 가진 할배가 계셨어요. 제가 어렸을 때이니 벌써 삼십 년쯤 되었겠네요. 그 할배가 그래도 나름 유명했었나 봐요. 먼 동네에서까지 배우려고 찾아오는 사람들이 많았거든요. 그런데 말이 서당이지, 노상 학생들 데리고 나무 그늘에 앉아 잡담을 하거나 시장 구경이나 다니고 그랬던 것 같아요. 아무리 생각해도 제

우윤희 외 지음

책읽어주기는 어린이책을 보고 느낀 것들을
혼자만 담아두는 것이 아니라 다른 이들과
나눈다는 실천적 의미다.

기억에는 책을 읽거나 글을 쓰는 것을 한 번도 본 적이 없어
요.

지금 생각하니 어쩌면 공 씨 할배가 글을 몰랐는지도 몰라
요. 만약 그랬다면 말빨이 아주 좋았을 거예요. 그렇지 않고
야 누가 돈 주고 공부하러 오고, 제자가 되겠다며 따라다녔겠
어요. 그래도 벼슬에 나간 제자가 있는 것을 보면 영 글을 가
르치지 않은 것은 아닌 것 같아요. 할배는 말로 가르쳐도 되
지만 벼슬에 나간 제자는 이력서라도 썼을 테니까요. 글을 배
우고 온 제자인지는 모르겠지만, 어쨌든 벼슬에 나간 제자가
있었어요.

그 제자는 저도 기억이 나요. 자하라는 분인데, 인물이 훤하
고 참 착하게 생겼어요. 그분이 어떻게 해서 면장인지 군수인
지 모르겠지만, 어쨌든 벼슬에 나아가게 되어 동네잔치가 벌
어졌어요. 그 자리에서 제자에게 당부하는 할배의 축사를 들

었어요. "빨리 하려고 하지 말고 작은 이익을 돌보지 마라. 빨리 하려고 들면 목적을 달성하지 못하고 작은 이익을 돌보게 되면 큰일이 이루어지지 않는다."라고요.

다 기억하지는 못하지만 아마 이런 말씀이었던 것 같아요. 삼십 년이 지난 지금 생각하니 조금은 그 뜻을 알 듯도 해요. 요즘 정치를 하려는 사람들도 새겨들으면 좋겠어요. 그러면서 노란 책을 하나 축하 선물로 주시는 것을 봤어요. "이 책에 나오는 사람처럼 남들을 위해 애쓰면 훌륭한 벼슬아치가 될 수 있다."라고 하시면서요. 당시는 제가 글을 읽지 못하던 때라 제목은 모르겠고, 그냥 책 껍데기가 노랬었다는 것만 기억해요.

이렇게 동네사람들에게 존경을 받던 공 씨 할배에게도 사실 라이벌이 있었어요. 요새 말로 하면 선의의 경쟁자였지요. 공동묘지가 있는 마을의 맹씨 성을 가진 할배였는데, 공 씨 할배보다는 몇 살 어렸던 것 같아요. 이 할배는 공 씨 할배와 달리 성질이 개떡 같고 입이 웬수였대요. 자기 생각에 맞지 않으면 '네가 그렇게 살아서 언제 인간이 될래' 하면서 아무에게나 막 퍼부었대요. 동네 사람들에게만 그랬다면 말도 안 해요. 성질나면 왕을 찾아가서도 따졌다는 소문이 있었어요.

설마 싶지만 정말 그랬대요. 한번은 같은 동네에 사는 가난

한 총각이 배가 고파 남의 음식을 조금 훔쳐 먹은 일이 있었
대요. 그러니 당연히 잡혀갔겠지요. 그러자 우리 맹 씨 할배
가 씩씩거리며 찾아가 당장 풀어주라고 했대요. 안 된다고 그
랬겠지요. 사실 법이란 게 목소리 크다고 바뀌는 게 아니잖아
요. 그래서 맹 씨 할배는 왕을 찾아가 따졌대요.

"한 나라의 왕은 백성들을 위해 가장 먼저 먹고사는 걱정을
하지 않도록 해야 합니다. 그런데 당신이 정치를 잘못해서 배
가 고파 남의 음식을 훔쳐 먹는 죄를 백성이 지었는데, 그 사
람을 처벌하는 것이 말이나 되는 일입니까?"라고요. 얼마나
대단해요. 산골 노인이 왕에게 이렇게 퍼부을 수 있다는 게
말입니다. 그래서 어떻게 되었냐고요? 당연히 잡혀갔던 사람
은 맹 씨 할배가 고향에 돌아오기 전에 풀려나 집에 와 있었
지요.

풀려난 청년은 맹 씨 할배가 돌아오자 고맙다며 인사를 갔
대요. 그러자 맹 씨 할배가 평소답지 않게 '사람은 타고난 착
한 본성을 믿고 살아야 인간다운 삶을 살 수 있다'고 조용히
말씀하시더래요. 어때요? 참 멋지잖아요? 또 한소리 듣겠다
싶었던 청년은 얼마나 감격했겠어요. 더 놀라운 것은 책 선물
까지 주더래요. 임금님께 받은 책을 읽기 싫어 준 것인지, 정
말 선물로 산 것인지는 몰라도 역시 껍데기가 노란 책을 선물

로 받았대요.

아마 당시에는 껍데기가 노란 책이 유행이었나 봐요. 그런데 정말 놀랐어요. 제가 커서 알고 보니 두 영감님이 선물로 준 책이 똑같은 것이었어요. 노란 표지의 『책 읽어주러 가는 길입니다』라는 제목의 책이었어요. 어린이도서연구회 대구 경북 지부 회원들이 15년 동안 책 읽기가 힘든 분들을 위해 활동한 심정과 기록이래요. 남을 위해 책을 읽어주는 분들의 고마운 마음이 두 영감님을 감동케 했나 봐요.

안타깝게도 이제 두 할배 모두 이 세상에 계시지 않아요. 몇 년 전에 다 돌아가셨어요. 그분들에게 배우지 못한 것이 못내 아쉬워요. 어느 동네에나 이런 분들이 계시면 살기가 좋아요. 그래서 노인 한 분이 돌아가시는 일은 도서관이 하나 없어지는 것과 같다고 했나 봐요. 우리는 도서관 두 개를 잃었어요.

그분들에게 배운 사람이 정치를 하면 좋겠어요. 저는 정치에는 능력도 관심도 없어요. 그러니 영감님들이 아끼던 책이나 한 권 사서 읽으며 살아야겠어요. 분명 뭔가 배울 게 있을 거예요.

마침 내일이 화원장날이네요. 『책 읽어주러 가는 길입니다』라는 책을 사러 해거름에 한번 나가봐야겠어요. 파장에 가야 모든 게 싸거든요. 혹시 화원장에 없으면 이번 일요일에는 더 큰 장이 서는 고령에까지 가 볼 생각이에요.

　노란 표지의 『책 읽어주러 가는 길입니다』라는 책이 있는지, 꼭 사서 읽어 볼 생각이에요.

몽실 탁구장

오늘은 세계탁구선수권 대회 남자복식에서 사상 첫 은메달을 땄다는, 모처럼 기쁜 소식이 들려왔어요. 사실 널리 알려지지는 않았지만, 우리 동네에도 국가대표급 탁구 고수가 있어요.

본인은 비행기 오래 타는 게 싫어서 국가대표를 하지 않는다고 하지만, 스포츠 평론가들은 외국어에 대한 자신감 때문이라고 평을 한대요. 어쨌든 국제대회에서 금메달을 딸 충분한 실력의 고수라는 것은 그들도 인정하나 봐요.

사실 우리 동네라고 표현은 했지만 나도 그 고수를 잘 몰라요. 이름만 이동훈이라는 것을 들었을 뿐이지 한 번도 직접 만난 적은 없어요.

"상대의 깎아치기 기술로 넘어온 공은/ 되깎아 넘기거나 살짝 들어 넘기고/ 강하고 빠르게 들어오는 공은/ 힘을 죽여 넘기

이동훈 시집

詩도/ 탁구도 폼이다.//
걱정이라면/ 폼 잡다가/ 재미 놓칠까 하는.

거나 더 세게 받아칠 줄 아는 동네 고수"

　이게 우리 동네 고수의 신기래요. 『몽실 탁구장』이라는 책
에 고수의 실력을 이렇게 묘사했대요. 이 한 부분만 읽어도
고수의 실력을 알 수 있어요. 어딜 봐도 공격을 실패하거나
받아내지 못했다는 표현이 없어요. 동굴에서 7년 동안 수련한
결과라는 소문도 있어요.

　우리가 몰라서 그렇지 무림에는 어느 분야든 숨은 고수가
수두룩해요. 그러니 어릴 때 평상에 새끼줄 치고 탁구 한두
번 친 것으로 고수인 체하지 말라는 말이에요.

　우리 동네 탁구 고수는 시간이 없어서 그렇지, 충분히 국가
대표가 되고도 남을 만큼 어마무시한 실력을 겸비하고 있다
는 소문을 들었어요. 세상 사람들이 아무리 칭송해도 본인은
그저 '그냥 동네에서 재미로 치는 수준'이라며 늘 겸손하다

고 해요.

이게 고수의 진정한 품위예요. 이렇게 훌륭한 고수의 탁구 비법을 세상에 전하기 위한 책이 있다고 해요. 저 혼자만 알고 있으려다 아무리 연습해도 탁구 실력이 늘지 않는 분들을 위해 안타까운 마음에 특별히 알려드려요.

탁구 교본, 탁구 고수되기, 이런 책이 아니에요. 다른 책과 달리 우리 동네 고수는 시에 그 비법을 담는 방법을 택했어요. 그래야만 허접한, 입만 살아있는 인간들이 탁구를 배워 세상을 어지럽히지 않을 것이라는 깊은 뜻이래요.

『몽실 탁구장』이라는 시집을 읽고도 비법을 찾지 못하면 초보래요. 또 분명히 어느 행간에는 비법을 숨겨뒀을 거라며 읽고 또 읽으며 찾으면 중급이래요. 그저, 시집으로 부채질 한 번 하고는 라면 냄비 받침대로 사용하면서도 그 비법을 다 읽어낼 수 있으면 고수래요.

날씨가 갑자기 추워졌어요. 이제 실내 운동으로 탁구를 시작할 시기예요. 탁구 고수 이동훈 시인의 비법이 담긴 시집 『몽실 탁구장』으로 몸 풀기를 하고, 몽실 탁구장에 가서 등록하세요.

그러면 '몽실이를 닮은, 작은 체구에 다리를 조금 저는' 아주머니 탁구 고수가 반갑게 맞아주실 거예요. 그러면 우리에게 '남 욕보이는 걸 취미 삼지 않게' 몸과 마음을 정화시켜 주실 거예요.

특히 천기를 한 가지 더 누설하자면, 연말연시 선물로 연하장 대신 이 책을 선물하면 주는 사람이나 받는 사람 모두가 삼 대에 걸쳐 복을 받는대요. 정말이에요. 그런 비밀의 전설이 있대요. 그래서 저도 그 전설을 믿고 『몽실 탁구장』이라는 책을 좋아하는 이에게 선물하기로 했어요. 모두가 삼 대에까지 복을 받도록.

추파를 던지다

조선시대 소설의 대가 이솝 선생을 아시죠, 호는 우화이고요. 그분의 작품이 우리나라 최초로 그리스에서 번역, 출간되어 전 세계 출판시장을 휩쓸었지요. 그래선지 어쩐지 몰라도 최근 여러 이씨 문중에서 서로 자기 할배라고 우긴대요. 누구 할배면 어때요, 우리나라 사람이면 됐지.

솔직히 저는 이런 얘길 들으면 우선 배부터 아파요. 당시 어느 출판산지 몰라도 돈 많이 벌었겠다는, 그런 생각이 들기 때문이에요. 제가 배고픔이나 배 아픔은 잘 못 참는 성격이거든요. 특히 남 잘 되어 배가 아픈 것은 더욱 그래요.

어쨌든 선생의 작품집이 최근에 현대어로 완역되어 다시 출간되었다네요. 그런데 제목이 정말 촌스러워요. 추파를 던지다, 그게 제목이래요. 완역자나 편집자의 고향이 의심스러워요. 지금이 어떤 시대인데 이런 제목을 지어요. 장화홍련전이나 열녀춘향전. 이런 제목 보세요. 얼마나 멋지고 세련되었

신휘 시, 유건상 조각 시집

너를 보았는데 보았다, 말하지 못한다/ 있지
만, 없기만 한 그늘에 앉아/ 애꿎은 개미만
오래 눌러 죽였다

어요.

책을 보니 언젠가 읽은 선생의 일화가 갑자기 생각났어요.
선생이 김천에 살 때 일이었대요. 하루는 사모님이 집에 있는
책을 모조리 팔아서 돈을 마련해 오라고 했대요. 그러지 않으
면 분서갱유를 경험하게 될 거라면서요. 하는 수 없이 선생은
읽던 책을 모조리 말과 당나귀에 나누어 싣고 사람 많기로 소
문난 대구 서문시장으로 길을 나섰대요.

그 다음 이야기는 소문을 들어 아시죠? 말대가리의 거짓말
에 당나귀가 힘들어 퍼지자 물 먹은 책까지 혼자 싣고 가다가
죽다 살았다는. 그런데, 정말 믿을 수 없는 일이 있었어요. 어
젯밤에 그 말을 제가 직접 봤어요. 서문시장 근처에 가면 몸
통이 배배 꼬인 라일락 나무가 있는 주막이 있어요. 나무가
그렇게 생긴 것을 보면 아마, 주인도 성질이 배배 꼬인 사람
인 것 같아요.

그 나무에 이솝 선생의 말이 묶여 있었어요. 생김새도 정말 가관이었어요. 무거운 짐을 혼자 싣고 와서 그런지, 완전 헐어버린 주둥이가 십 리는 튀어나와 있었어요. 그러잖아도 대가리 길쭉한 말이 주둥이까지 그리 되었으니, 지나는 사람마다 보고 손가락질하며 비웃었어요.

소문에는 말의 생김새가 쪽팔려서 이솝 선생이 주모에게 공짜로 줬대요. 잡아먹든지 팔아먹든지 알아서 하라고, 하기 싫으면 원하는 사람에게 그냥 주라고 했대요. 그래도 사람이 그럴 수는 없잖아요. 못생겼다고 다 죽이면, 그런 기준으로 말의 눈으로 보면 살아남을 사람은 몇이나 되겠어요.

말만큼이나 그 주모도 특이해요. 까막눈 같은데 책을 팔아요. 글을 모르는데 어떻게 파는지, 참 신기해요. 그런데 가만 보니 장사 수완은 보통이 아니었어요. 자기 집에 있는 이솝 선생의 책 『추파를 던지다』를 사면 심지를 뽑아서 나무에 묶여 있는 말을 주겠대요.

그 책 재고가 많은지 이윤이 많은지는 모르겠어요. 분명히 무슨 이유가 있을 거예요. 그 꼬임에 어리석은 사람 몇이서 사는 것을 봤어요. 물론 저는 사지 않아요. 책도 팔고 못생긴 말도 떠넘기려는 주모의 속셈을 알거든요.

그래도, 혹시 말이 욕심나는 사람은 한번 가 보세요. 진짜 못생긴 말이지만 잘 먹여서 살 찌워 팔면 돈이 될지 모르잖아요. 제게는 권하지 마시고요. 저는 거저 줘도 싫어요. 책도 말도 다 마음에 들지 않아요. 심지어 주모까지도요. 특히 『추파를 던지다』라는 촌스러운 제목은 더 맘에 들지 않아요.

숨은 눈

3월 8일은 세계 여성의 날이래요. 무슨 그런 쓸데없는 날이 다 있노, 하시는 분들 계시죠? 같은 사내가 봐도 참, 노후가 암담한 분들이에요. 오늘 퇴근해서 집에 한번 가 보세요. 분명히 이사 가고 없거나, 현관문 비밀번호가 바뀌어 있을 거예요.

세계 여성의 날 유래는 아시죠? 1908년 3월 8일, 미국의 여성 노동자들이 선거권과 노동조합 결성의 자유를 쟁취하기 위한 시위를 벌였대요. 이때 '우리에게 빵과 장미를 달라' 고 외쳤다네요. 여기서 빵은 남성에 비해 저임금에 시달리던 여성들의 생존권을, 장미는 참정권을 뜻하는 것이래요. 참 훌륭한 여성들이에요. 그래서 여성의 날이 되면 빵과 장미를 나눠 주는 풍습이 생겼대요.

원래의 뜻은 그랬는데, 올해는 특별히 그 의미가 바뀌었대요. 올해는 화이트데인지 발렌타인데인지 몰라도 사탕이나

장정옥 소설집

여자는 결혼을 통하여 새로운 인간관계와 더
불어 초월적인 존재가 되어간다.

초콜릿 하나 사다 바치지 않은 남자들에게 만회할 기회를 주
기 위해 UN에서 특별히 의미를 바꾼 날이래요. 그래도 암호
는 바뀌지 않고 그냥 빵과 장미로 한대요.

퇴근하고 집에 가서 한번 해 보세요. 집 안에서 '장미'라며
암호를 대는데 장미 같은 소리 말고 빨리 문이나 열어, 평소
처럼 그래 보세요. 오늘은 가시 숭숭한 장미로 매타작 당하는
특별한 경험을 하게 될 거예요. 제법 유명한 외국의 릴케라는
시인은 이 날을 그냥 넘기다가 가시가 있는 장미에 맞아 죽었
대요. 정말이에요. 우리나라에서는 그런 일이 일어나지 않기
를 바랄 뿐이에요.

무슨 날이 이렇게 많은지, 사실 사내 구실 다 하면서 살기가
참 어려워요. 빵을 사 가면 다이어트 방해한다고 혼나고, 장
미를 사서 들고 가면 먹을 거나 사오지, 먹지도 못하는 이딴
것 사온다고 혼나요. 그래서 여자들이 좋아할 선물을 찾아 고

민한 끝에 제가 생각한 것이 책이에요.

그렇다고 아무 책이나 선물하면 여성의 날을 정한 UN을 무시하는 처사예요. 제가 이날을 위해 석 달 열흘을 고민해 찾은 책이 장정옥 작가의 『숨은 눈』이라는 소설책이에요. 구입해 보니 김만중 문학상 대상이라는 큰 타이틀까지 달고 있어요.

이 소설집은 '나'라는 한 인간이기보다 엄마로, 여자로 살아야 했던 희생을 통해 초월적인 존재가 되어간다는 것을 보여준대요. 제가 하는 말이 아니에요. 저는 이런 말 할 능력이 없어요. 설령 말을 해도 아무도 믿지 않을 것이고요. 심사를 맡았던 한승원·편혜영 소설가와 연세대 허경진 교수님이 심사평에서 하신 말씀이에요. 그러니 더 믿음이 가요.

오늘의 현명한 선택이 현재와 노후를 보장받느냐 버림받느냐의 기로에 있어요. 선거 얘기가 아니에요. 숨은 눈이 꽃눈이 될 수 있는 절호의 기회를 놓치지 마시길 바랄게요. 그리고 세계의 모든 여성들에게 축하를 보내요. 진심으로 감사의 마음과 함께요.

말 숙제 글 숙제

제가 가장 존경하는 여성은 사임당 신 씨입니다. 우리 할매라서 그러는 게 아니에요. 할매의 영정이 있는 지폐라도 보면 반갑고 좋아요. 남들이 우리 할매 영정을 지갑에 많이 넣어 다니는 것을 보면 뺏고 싶어요. 꼭 그게 돈으로 사용되어서가 아니에요. 그냥 함부로 다룰까 봐 제가 대신 소중하게 보관하고 싶을 뿐이에요. 다른 욕심은 전혀 없어요.

오월 첫 날이에요. 며칠 후면 어버이날이고요. 실록이라도 한번 읽은 사람은 이날이 한때 어머니의 날이었다는 것을 기억하실 거예요. 나이와는 상관없어요. 조선왕조실록에 보면 광화문에서 아버지들이 머리 깎고 단식 투쟁해서 어버이날로 정했다는, 그런 역사가 나와요. 그래서 저도 그 아버지들을 존경해요.

실록에서는 어버이날에 해서는 안 되는 몇 가지가 나와요. 어명이에요. 어명을 어기면 어떻게 되는지 아시죠. 그 첫 번

박승우 동시집

나의 중심은/ 경상북도 군위군 부계면 춘산
리 891번지// 그곳에/ 엄마라는 붙박이별이
있기 때문이다

째 항목은 자식이 주는 돈이나 선물을 자랑하지 말라는 것이
에요. 그랬다가는 민심을 혼란케 하고 국법을 어지럽게 했다
며 내란죄와 같이 다루겠다고 했대요. 글을 읽기만 해도 오싹
해요. 못 믿겠으면 오늘 당장 조선왕조실록을 읽어보세요.

국법이 이리 중한데도 꼭 목숨을 거는 사람들이 있어요. 꽃
바구니에 돈을 담아 자식들이 가져왔다거나 부모님께 드렸다
며 자랑하는 사람이에요. 그것도 우리 사임당 할매를 돌돌 말
아서 꽃처럼 꽂아요. 이런 간 큰 사람들이 꼭 있어요. 두고 보
세요. 올해도 꼭 그런 사람 나타날 거예요. 이런 사람들은 목
숨이 몇 개나 되나 봐요.

꽃바구니는 꽃을 담으라고 만든 것이지 돈을 담으라는 것
이 아니라는 것은 이름만 봐도 알 수 있잖아요. 사람들이 그
걸 몰라요. 돈을 담으면 돈바구니지, 절대 꽃바구니가 아니에
요. 하는 수 없이 자식에게 받거나 부모님께 드리면서 그런

말을 또 덧붙이잖아요. 친구들과 맛있는 것 사 드시라고. 그러면 그 말이라도 따르세요. 친구들에게 꼭 한턱 내세요.

아시겠죠, 그러니 이날은 부모님께 내가 감사하는 날이지, 자식에게 받는 날이 아니에요. 살아계실 때는 이름 있는 날만 찾아뵙다가, 돌아가시니 후회하는 사람 많아요? 그런 사람이 해마다 꼭 어버이날만 되면 부모님 생각난다며 징징대요. 그러니 살아계실 때 한 번 더 찾아뵙고 말 한마디라도 따뜻하게 해 보세요. 저처럼 후회하지 마시고요.

음식 푸짐하게 준비해서 산소 가서 후회하는 것은, 아무 쓸데없는 짓이에요. 그런데 사실 말 한마디 하는 게 쉽지는 않아요. 사랑합니다, 고맙습니다, 이 말이 그렇게 어려워요. 그래서 어느 시인은 동시로 써 어머님께 그 마음을 전했대요. 하고픈 말을 도저히 할 수 없었던 것이지요. 특히 사내들은 더 그래요. 그 시인도 감사한 맘을 다 모으니 동시집 한 권이 되더래요.

동시집을 출간해서 맨 먼저 어머님께 드렸더니, 서문만 읽으시고는 아무 말씀도 없이 자식의 등을 자꾸 쓰다듬어 주시더래요. 이 대목이 울컥해요. 많이 배우고 글 잘 쓰는 자식의 동시집보다 어머니의 손길로 자식의 등에 쓴 시 한 편이 더 아름다워요. 그 시인의 어머님도 며칠 전에 자식을 두고 영

먼 길을 떠나셨어요.

할머니께
'고맙다' 는 말과
'사랑한다' 는 말을
꼭 한 번은 하고 싶다는 아빠
이번엔 꼭 해야지 하고
시골 할머니 집에 다녀왔는데
또 못 하고 왔단다
말 숙제는
쑥스러워 도저히 못 하겠고
조금 덜 쑥스러운 글 숙제라도 해야겠다고 하신다
말 숙제든 글 숙제든
아빠가 빨리 했으면 좋겠다
숙제는 해야 할 때
해야 하는 거니까

박승우 시인의 동시집 『말 숙제 글 숙제』에 나오는 시예요.
이 동시집 한 권을 다 읽고 나면 돈바구니가 문제가 아니라는
것을 알 수 있어요. 동시집 한 권 모두가 엄마에게 바치는 헌

사로 채워져 있어요.

오늘 당장 해보세요. 풍수지탄風樹之嘆하지 마시고요. 우선 부모님께 "고맙습니다!", "사랑합니다!" 말 숙제부터 하시고, 이 책 주문해 읽으시고 글 숙제도 꼭 하세요. 시간이 많지 않아요.

돌머리가 부럽다

강화도 조약을 아시나요?

어렸을 때부터 많이 듣기는 했는데, 무슨 내용인지 전혀 기억이 나지 않으시죠? 이 어린이 시를 읽으면 금방 알 수 있어요.

"엄마께서 동생한테 약속하게 했다. / 놀이터 가지 말고, 매일 공부하라고. / 강화도 조약이 따로 없다." (이하민 어린이 시 '불평등 약속')

이게 강화도 조약입니다. 이제 아이들이 갑자기 물어도 당당하게 설명하세요. 엄마와 동생이 마주 앉아 놀이터 가지 않고 매일 공부하겠다고 맺은 약속이 강화도 조약이라고. 그래요. 쑥국 송숙 선생님이 한 해 동안 지낸 아이들과 함께 엮은 어린이 시집 『돌머리가 부럽다』를 읽으면 알 수 있어요. 동생

송숙 엮음

어린이의 시는 어른들을 깨우치는 힘이 있습니다. 눈을 맑게 하고 마음을 따뜻하게 합니다.

에게는 좀 불평등하지만 힘이 없으니 어쩌겠어요. 심지어 나라도 힘이 없으면 불평등조약을 맺는데.

설날이 딱, 한 주 남았어요. 어렸을 때는 그렇게 좋던 날이, 이제는 언 놈이 설은 만들어서, 그런 원망이 나올 거예요. 저는 그래요. 추석과 달리 사람 도리 하기가 어려운 명절이 설날이지요. 세뱃돈 때문이라는 것 저도 알아요. 어른들도 어른이지만, 아이들도 신경 많이 쓰이잖아요. 괜히 나라에서 오만 원짜리를 만들어서 더 그래요.

다른 사람들은 재난지원금 100만 원 받고, 또 300만 원 준다는 소식에 속으로 실실 웃지만 나라에서 우리는 그룹이라고 생각하는지, 그것도 주지 않는대요. 부럽지만 어쩔 수 없어요. 받아도 사장 지가 갖지 나눠 주지는 않잖아요. 그래서 설을 맞아 재난지원금 없는 분들을 위해 나라에서도 하지 못하는 일을 출판사에서 시작했어요.

방법도 아주 간단해요. 어린이 시집 『돌머리가 부럽다』, 이 책을 세뱃돈 대신 주는 겁니다. 왜 하필 너거 책을 줘야 하는데? 그런 말씀 마세요. 세뱃돈 이상 가치가 있고, 권할 만하니 권하는 것이지요. 이 어린이 시집을 먼저 읽은 분들의 말씀을 들어보세요.

강형철 시인은 "가슴이 열리고 마침내 서로에게 쓰이고 읽히는 이 천둥 같은 시편"이라며 놀라셨고, 복효근 시인은 "아이들의 체험에서 우러나오는 진솔함과 감동이 있고, 스스로 깨우치고 터득한 지혜가 담겨 있다."고 칭찬하셨어요. 심지어 최교진 세종시 교육감님은 "저절로 웃음 짓게 하는 재미있는 글, 기발함으로 뼈를 때리는 글, 깊은 마음 씀이 가슴을 뭉클하게 하는 글"이라고까지 말씀하셨어요.

출판사나 엮은이 쑥국 선생님은 좋다고, 좋다고 자랑하겠지만 누가 믿겠어요. 그래도 이분들 말씀은 믿을 수 있잖아요. 그래서 제가 대신 권하는 것이에요. 설날을 맞아 맛배기로 한두 편만 보여드릴게요.

"아빠가 어깨가 아파서/ 내가 안마를 해줬다./ 내가 어깨를 누를 때/ 우드득 우드득/ 삼겹살 뼈 씹는 소리가 난다./ 아빠는 이 소리가 시원하다고 한다." (박태양 어린이 시 '우드득 우드

득')

"아빠가 자주 하시는 말// 라떼는 말이야. 시험 올백이었어!/ 라떼는 말이야, 효자였어./ 라떼는 말이야, 인정받는 아이였어.// 그럴 리가." (김건우 어린이 시 '라떼는 말이야!')

대략 감은 잡으셨으니, 집안 아이나 자주 보는 동네 아이를 위해 선물해 보세요. 새해에는 이 책에 나오는 아이들처럼 재미있게 놀아라, 하면서요. 폼 나고, 아주 남는 장사가 될거예요. 얄부리한 오만 원짜리 지폐 한 장은 줘야 할 것을 11,000원짜리 책을 주면 39,000원이 남아요. 열 명이면 39만 원이고 백 명이면 390만 원이나 남고요.

세상에 이렇게 폼 나고 남는 장사를 들은 적이 있어요? 괜히 주지도 않는 재난지원금에 목매달지 말고, 우리 스스로 알아서 살아요. 이게 우리 속담에도 있는 '어른 좋고 아이 좋고'예요.

대신 부작용을 조심하셔야 해요. "니는 머하노, 야들 봐라. 야들은 아들이 시집까지 냈는데 너는 매일 게임만 하고, 이제부터는 책만 읽어라." 이런 말씀은 절대 마시고요. 주고 욕먹는 일이 이런 것이에요.

선물만 하지 마시고 한 권 더 사서 본인도 읽으시면 약효는 더 좋아요. 자기는 평생 책 한 권 안 읽으면서 아이들에게 책 읽으라고 하면, 씨가 먹히겠어요. 읽으면 분명히 자신을 돌아볼 수 있는 덤이 따라올 거예요.

다양하게 5권을 준비했어요. 마음대로 골라 사세요. 『분꽃 귀걸이』, 『호박꽃 오리』, 『감꽃을 먹었다』, 『돌머리가 부럽다』는 송숙 선생님의 아이들이 쓴 어린이 시집이고요, 『맨드라미 프로포즈』는 송숙 선생님이 아이들과 생활하면서 느낀 글과 직접 찍은 사진이 실린 책이에요.

언니들이 들려주는 얼렁뚝딱 동화

그저께, 손흥민 선수가 영국에 가서 득점왕에 등극했다는 반가운 소식을 전해줬어요. 직접 전화 온 것은 아니고, 그냥 전해 들었어요. 어쨌든 참 잘했어요. 다음 시즌에는 득점왕이 아니라 영국 왕에 취임하면 더 좋겠어요.

어제는 출판사에도 기쁜 일이 있었어요. 솔직히 손흥민 선수가 득점왕에 오른 것보다 백 배는 더 기뻐요. 무려 22대1의 경쟁을 뚫고 출판산업진흥원 우수콘텐츠에 선정된 작품이 있거든요. 그것도 작가가 창원의 여고생들이에요. 참 멋진 친구들이에요. '들'이라는 것은 혼자가 아니라는 건 다 아시죠?

학이사에는 이렇게 멋진 여고생 작가가 이미 있어요. 천안에 있는 복자여고 학생들이에요. 자신들을 '언니'라고 당당히 밝히는 친구들이지요. 펴낸 책 제목도 『언니들이 들려주는 얼렁뚝딱 동화』와 『언니들이 찾은 명화 속 숨은 이야기』예요.

뭐 여고생들 책이 그게 그거겠지, 그렇게 생각하셨다면 이

이소연 외 지음

"왕비님은 세상에서 가장 아름다운 목소리를 가졌잖아요. 그게 바로 죄가 아니고 무엇이냐고요?"

미 슈퍼 울트라 꼰대의 대열에 들어섰다는 증거예요. 전 세계인이 다 아는 동화나 명작 그림에 새로운 의미를 더해줬거든요. 원작자나 화가가 봤으면 한국 여고생들의 상상력에 기절했을 거예요.

책을 읽으면, 이 정도 상상은 나도 할 수 있겠다, 그런 생각이 들 수도 있을 거예요. 하지만 그런 말씀 마세요. 지금까지 그런 생각 못 하고 살았잖아요. 그런데 이 언니들을 절대 따라갈 수 없는 진짜 이유가 따로 있어요. 바로 착한 마음이에요. 책을 출간한 동기를 알면 내가 졌다, 하실 거예요.

책에는 한글을 영문으로 번역해 같이 수록했어요. 영역도 학생들이 한 것이에요. 복자여고는 방학이 되면 학생들이 필리핀 산골에 봉사활동을 간대요. 그곳에서 아이들이 읽을 책이 없다는 사실을 알고는 글을 쓰고, 그림을 그리고, 영어로 번역한 것이에요.

그렇게 책을 만들어 필리핀으로 보내주는, 그런 착한 마음이 담긴 책이에요. 그 마음이 얼마나 예뻐요. 이래도 따라 갈 수 있겠어요? 그러니 집안에 여고생이 있으면 오늘 용돈이나 좀 주세요. 머스마들에게는 그냥 이 책이나 한 권 사서 읽으라고 주시면 돼요.

좋은 기획으로 우수콘텐츠에 선정된 창원의 여고생들도 정말 훌륭해요. 지역과 나라를 살리는 길이 무엇인지 우리에게 책으로 알려줄 거예요. 그 여고생들이 백마를 타고 우리 앞에 곧 나타날 거예요. 여고생이 웬 백마냐고요? 궁금하시더라도 책이 나올 때까지는 꾹, 참아주세요. 그냥 책 살 적금이나 하나 들어두시고요.

슬퍼할 자신이 생겼다

오늘이 초복이래요, 그래서 아침부터 햇살이 강렬한 게 아주 좋아요. 닭 삶아 먹겠다고 이 땡볕에 가마솥 걸어두고 불 때는 사람들, 고생 좀 하겠어요. 솔직히 고생해도 괜찮아요. 아무리 더워봤자 솥 안에 든 닭만큼이야 덥겠어요? 또 피서 간다고 계곡으로 가서는 펄펄 끓는 걸 먹는 사람은 무슨 생각인지, 이해가 안 돼요.

그러지 마세요. 평생 닭 한 마리 먹어보지 못한 사람처럼 복날이라고 기를 쓰고 닭집으로 모이지 마세요. 오지도 않은 더위 이기려고 땀 뻘뻘 흘리며 뜨거운 삼계탕 먹는 것은 돈 주고 더위를 사는 거예요. 절대 파는 게 아니에요. 더위를 파는 것은 지난 정월 대보름에 다 하셨잖아요. 이런 거는 유비무환이 아니에요. 괜히 닭이 불쌍하잖아요. 태어난 지 두 달이면 솥에 들어간대요.

닭을 생각하면 슬퍼요. 그렇지 않으세요? 불쌍해요. 역지사

임창아 지음

도달할 수 없는 어떤 지점에 새로운 의미가
탄생하는 공간을 만들고 싶었습니다. 제 글
쓰기는 더불어 아팠고 더없이 행복했습니다.

지, 아시잖아요. 그러니 줄 서서 기다리지 마시고, 이런 날은
그냥 선풍기 틀어놓고 책이나 읽어요. 닭도 살리고 내 돈도
굳고, 얼마나 좋아요. 아니면 제게 오세요. 제가 점심 대접할
게요. 저는 초복달임을 냉국수로 하기로 했어요. 국수는 더위
피하는데 당장 효과가 나타나요. 그렇지만 삼계탕이 보양식
으로 효과가 있는지 없는지는, 사실 모르잖아요.

다 장사들이 돈 벌자고 지어낸 말이에요. 책장사에게 물어
보세요. 책은 양식이라고 주장하잖아요. 그것도 마음의 양식.
책 안 읽는다고 굶어 죽어요? 절대 안 죽어요. 그러니 읽기 싫
으면 안 읽어도 돼요. 다 거짓말이에요. 그렇게 좋으면 자기
혼자 다 하지 뭐한다고 자꾸 남에게 책을 권하겠어요. 저는
그러지 않아요. 좋은 것은 저 혼자 다 갖지 남 주지 않아요.

그래서 저는 양식이 되든 보양이 되든 산문집 한 권 들고 피
서를 왔어요. 마침 LG에서 좋은 피서지를 제공해 줬어요. 정

말 고마운 LG예요. 딱 26도를 유지해 주는 최고의 피서지예요. 이런 곳에서 가벼운 산문집 읽으며 놀다가, 잠 오면 낮잠 자고, 얼마나 좋아요. 또 계곡이나 바다로 피서 가면서 무거운 책, 벽돌 책 들고 가는 사람 꼭 있어요. 가서는 펼쳐보지도 않아요. 그러니 첨부터 그냥 베개를 들고 가세요. 무겁게 뭐 한다고 책을 가져가세요.

제가 가져온 책은 제목이 특이해요. '슬퍼할 자신이 생겼다'예요. 가볍게 읽을 수 있는 책을 찾다가 제목이 마음에 들어 가져왔어요. 슬퍼할 자신이 생겼다? 세상에 온갖 자신감을 다 들어봤지만 슬퍼할 자신감이라는 말은 들은 적이 없어요. 그렇지 않아요? 들어본 적 있어요? 저는 없어요. 실컷 울어 눈물이 마르면 그럴 수 있는가. 그것도 거짓말이에요. 사람은 눈물이 말라 버리면 죽어요. 절대 못 살아요.

『슬퍼할 자신이 생겼다』. 읽으니 정말 좋은 책이네요. 피서지에서 읽기에는 이보다 더 좋은 책이 없을 것 같아요. 슬퍼한다기에 징징 짜는 내용인 줄 알았어요. 그런데 그게 아니에요. 처음부터 끝까지 다 읽도록 마음이 차분해지고 아주 편안하게 읽혀요. 거짓말 아니에요. 당장 사서 읽어보세요. 작가의 문장도 아주 아름다워요, 우리 책이면 제가 거짓말을 해서라도 팔아먹겠지만, 남의 책을 왜 그러겠어요. 저는 남 잘되는 것 절대 못 보는 성격이거든요.